拿来主义

鲁迅◎著

四川人民出版社

图书在版编目（CIP）数据

拿来主义 / 鲁迅著. — 成都 ：四川人民出版社，2023.5

ISBN 978－7－220－13075－5

Ⅰ. ①拿…　Ⅱ. ①鲁…　Ⅲ. ①鲁迅杂文－杂文集　Ⅳ. ①I210.4

中国国家版本馆 CIP 数据核字（2023）第 000022 号

NALAI ZHUYI

拿 来 主 义

鲁迅　著

责任编辑	张　丹
封面设计	张　科　李秋烨
责任校对	舒晓利
责任印制	祝　健
出版发行	四川人民出版社（成都三色路 238 号）
网　　址	http://www.scpph.com
E-mail	scrmcbs@sina.com
新浪微博	@四川人民出版社
微信公众号	四川人民出版社
发行部业务电话	（028）86361653　86361656
防盗版举报电话	（028）86361653
照　　排	四川胜翔数码印务设计有限公司
印　　刷	成都东江印务有限公司
成品尺寸	130mm×185mm
印　　张	9.25
字　　数	180 千
版　　次	2023 年 5 月第 1 版
印　　次	2023 年 5 月第 1 次印刷
书　　号	ISBN 978－7－220－13075－5
定　　价	58.00 元

战斗的作者应该注重于‘论争’；倘在诗人，则因为情不可遏而愤怒，而笑骂，自然也无不可。但必须止于嘲笑，止于热骂，而且要‘嬉笑怒骂，皆成文章’，使敌人因此受伤或致死，而自己并无卑劣的行为，观者也不以为污秽，这才是战斗的作者的本领。

本书在编辑出版中，尽可能保留了原版本的惯用字、通假字和标点用法；人名、地名亦保留作者原译法。

中国需要鲁迅（代序）

王富仁

越是在一个躁动混乱的时代

越需要一个沉静倔强的灵魂

关于鲁迅，我已经说过太多的话，至今仍然有许多话想说。我现在最想说的话是什么呢？我现在最想说的话就是：中国需要鲁迅、中国仍然需要鲁迅、中国现在比过去更加需要鲁迅。

鲁迅那个时代，是中国积贫、积弱、随时都有可能沦为外国帝国主义的殖民地的时代。当时的先进知识分子，为了救国救民，提出了许多政治主张，影响最大的，有两大类：其一是晚清洋务派官僚的富国强兵的主张，其二是改良派和革命派革新政治制度的主张。唯独青年鲁迅，对这两派的政治主张都表示了异议，另外提出了“立人”的主张，并且用“掊物质而张灵明，任个人而排众数”两句话概括了它的含义。直至现在，鲁迅的立人思想已经少有人提，即使讲鲁迅“立人”思想的，也鲜有人重视鲁迅概括其含义的这两句话。实际上，不论是晚清洋务派的富国强兵的主张，还是改良派、革命派革新政治制度的主张，着眼点都在国家物质整体形式的变化，并且完全取决于政府官僚和少数精英知识分子。但是，当时中国是四亿五千万人的大国，政府官僚和精英知识分子最多也只有几万、几十万，那么，剩下的那四亿四千多万的民众就与中国现当代历史的发展无关了吗？就只能消极地跟着这些政府官僚和少数精英知识分子跑了吗？这些政府官僚和少数精英知识分子就一定能够将他们带到幸福光明的地方去吗？如果万一没有将他们带到那样的地方去，怎么办呢？当然，我们对当时那些先进知识分子的主观动机是不能怀疑的，但他们不是一两个人，谁能保证其中的每一个人都是百分之百地为了救国救民，而不会将国家的权力和财富据为已有呢？我认为，只要意识到这一点，我们就不难理解，为什么青年鲁迅并不满足于当时洋务派富国强兵的计划和改良派、革命派革新政治制度的政治主张，而另外强调“立人”的重要性了。

从国家整体的角度，一是要富强，一是要民主，除此之外好像什么都不重要了，但从个人的角度，就不同了。一个人要活着，当然也得有物质的条件，但只有物质的条件，还是远远不够的，《红楼梦》中荣、宁两大家人家，仅就物质的生活，可谓已极尽豪华奢侈之能事，但到头来，反倒是刘姥姥比他们过得更有些滋味，因为她到底还是靠着自己的那点聪明才智撑持着自己一家的生活，也理所当然地得到自己儿子和媳妇的一份真诚的爱心的。我们当代的中国人，当然不能满足当一个刘姥姥了。但其中的道理还是相通的：幸福是心灵内部的，而不是心灵外部的；是精神的，而不是物质的。并且是个人对个人生命的体验，得有点主见，得有点个人的意识和个人做人的尊严，光随大流是不行的，光人云亦云是不行的，更莫提巧取豪夺、趋炎附势、吹牛拍马、骄奢淫逸了。人，还是有人性的，有无人性，是只有自己最清楚的。在表面上，只有物质的才是最真实的，只有真金白银和个人权势才是最真实的，但在人的精神感受中，真实的却不是那些东西，而是爱和自由，物质的东西只有成为爱和自由的保障的时候，对于人才是有真实的价值的。一句话，要立人。要人成为一个人，成为有个性、有人性的人，就不能痴迷物质的东西，就要重视精神的东西；就不要受别人、受多数人的束缚，就要重视个人体验中的东西，重视个人与其他多数人不同的东西，发挥其他人无法发挥的作用。在这个愈来愈密集的现当代社会中，如果全国人都抢一样东西，就把这个世界抢乱了、抢翻了，抢到最后，还不是人吃人？

我之所以说我们现在仍然需要鲁迅、我们现在比过去更加需要鲁迅，是因为经过一个多世纪的努力，我们中国似乎确实已经成了一个“崛起的大国”，晚清官僚提出的“富国强兵”的政治目标基本实现，虽然在政治上还要推进民主化的进程，但既然已经有了这么多从英美留学归国的精英知识分子都在关心着这件事，按理说，也应该不是一个多么高不可攀的事情。但中国现实社会的人的精神面貌却依然不是那么令人惬意的。我们富了、强了，政治民主的意识加强了，但我们的“幸福的指数”反倒降低了，患精神忧郁症的人似乎比鲁迅那个时候还要多，一些根本令人不可思议的怪现象几乎天天发生。这是为什么呢？这不恰恰证明了我们在精神上出了问题吗？

怎么办呢？我认为，我们20岁以上的中国人，在读完《论语》之后，不妨再抽上一个月的时间读一遍《鲁迅全集》，或许不是一点益处也没有的。

（本文作者王富仁系北京师范大学教授、博士生导师，汕头大学文学院终身教授。本文选自中国鲁迅研究名家精选集书系之《中国需要鲁迅》。）

目录

第一辑《二心集》

第二辑《南腔北调集》

第三辑《伪自由书》

第四辑《准风月谈》

第五辑《花边文学》

第六辑《且介亭杂文》

第七辑《且介亭杂文二集》

第一辑 《二心集》

序言

这里是一九三〇年与三一年两年间的杂文的结集。

当三〇年的时候，期刊已渐渐的少见，有些是不能按期出版了，大约是受了逐日加紧的压迫。《语丝》和《奔流》，则常遭邮局的扣留，地方的禁止，到底也还是敷延不下去。那时我能投稿的，就只剩了一个《萌芽》，而出到五期，也被禁止了，接着是出了一本《新地》。所以在这一年内，我只做了收在集内的不到十篇的短评。

此外还曾经在学校里演讲过两三回，那时无人记录，讲了些什么，此刻连自己也记不清楚了。只记得在有一个大学里演讲的题目，是《象牙塔和蜗牛庐》。大意是说，象牙塔里的文艺，将来决不会出现于中国，因为环境并不相同，这里是连摆这“象牙之塔”的处所也已经没有了；不久可以出现的，恐怕至多只有几个“蜗牛庐”。蜗牛庐者，是三国时所谓“隐逸”的焦先曾经居住的那样的草窠，大约和现在江北穷人手搭的草棚相仿，不过还要小，光光的伏在那里面，少出，少动，无衣，无食，无言。因为那时是军阀混战，任意杀掠的时候，心里不以为然的人，只有这样才可以苟延他的残喘。但蜗牛界里那里会有文艺呢，所以这样下去，中国的没有文艺，是一定的。这样的话，真可谓已经大有蜗牛气味的了，不料不久就有一位勇敢的青年在政府机关的上海《民国日报》上给我批评，说我的那些话使他非常看不起，因为我没有敢讲共产党的话的勇气。谨案在"清党"以后的党国里，讲共产主义是算犯大罪的，捕杀的网罗，张遍了全中国，而不讲，却又为党国的忠勇青年所鄙视。这实在只好变了真的蜗牛，才有"庶几得免于罪戾"的幸福了。

而这时左翼作家拿着苏联的卢布之说，在所谓"大报"和小报上，一面又纷纷的宣传起来，新月社的批评家也从旁很卖了些力气。有些报纸，还拾了先前的创造社派的几个人的投稿于小报上的话，讥笑我为"投降"，有一种报则载起《文坛贰臣传》来，第一个就是我，——但后来好像并不再做下去了。

卢布之谣，我是听惯了的。大约六七年前，《语丝》在北京说了几句涉及陈源教授和别的"正人君子"们的话的时候，上海的《晶报》上就发表过"现代评论社主角"唐有壬先生的信札，说是我们的言动，都由于墨斯科的命令。这又正是祖传的老谱，宋末有所谓"通虏"，清初又有所谓"通海"，向来就用了这类的口实，害过许多人们的。所以含血喷人，已成了中国士君子的常经，实在不单是他们的识见，只能够见到世上一切都靠金钱的势力。至于"贰臣"之说，却是很有些意思的，我试一反省，觉得对于时事，即使未尝动笔，有时也不免于腹诽，“臣罪当诛兮天皇圣明”，腹诽就决不是忠臣的行径。但御用文学家的给了我这个徽号，也可见他们的“文坛”上是有皇帝的了。

去年偶然看见了几篇梅林格（Franz Mehring）的论文，大意说，在坏了下去的旧社会里，倘有人怀一点不同的意见，有一点携贰的心思，是一定要大吃其苦的。而攻击陷害得最凶的，则是这人的同阶级的人物。他们以为这是最可恶的叛逆，比异阶级的奴隶造反还可恶，所以一定要除掉他。我才知道中外古今，无不如此，真是读书可以养气，竟没有先前那样“不满于现状”了，并且仿《三闲集》之例而变其意，拾来做了这一本书的名目。然而这并非在证明我是无产者。一阶级里，临末也常常会自己互相闹起来的，就是《诗经》里说过的那“兄弟阋于墙”，——但后来却未必“外御其侮”。例如同是军阀，就总在整年的大家相打，难道有一面是无产阶级么？而且我时时说些自己的事情，怎样地在“碰壁”，怎样地在做蜗牛，好像全世界的苦恼，萃于一身，在替大众受罪似的：也正是中产的智识阶级分子的坏脾气。只是原先是憎恶这熟识的本阶级，毫不可惜它的溃灭，后来又由于事实的教训，以为惟新兴的无产者才有将来，却是的确的。

自从一九三一年二月起，我写了较上年更多的文章，但因为揭载的刊物有些不同，文字必得和它们相称，就很少做《热风》那样简短的东西了；而且看看对于我的批评文字，得了一种经验，好像评论做得太简括，是极容易招得无意的误解，或有意的曲解似的。又，此后也不想再编《坟》那样的论文集，和《壁下译丛》那样的译文集，这回就连较长的东西也收在这里面，译文则选了一篇《现代电影与有产阶级》附在末尾，因为电影之在中国，虽然早已风行，但这样扼要的论文却还少见，留心世事的人们，实在很有一读的必要的。还有通信，如果只有一面，读者也往往很不容易了然，所以将紧要一点的几封来信，也擅自一并编进去了。

一九三二年四月三十日之夜，编讫并记

“好政府主义”

梁实秋先生这回在《新月》的“零星”上，也赞成“不满于现状”了，但他以为“现在有智识的人（尤其是夙来有‘前驱者’‘权威’‘先进’的徽号的人），他们的责任不仅仅是冷讥热嘲地发表一点‘不满于现状’的杂感而已，他们应该更进一步的诚诚恳恳地去求一个积极医治‘现状’的药方”。

为什么呢？因为有病就须下药，“三民主义是一副药，——梁先生说，——共产主义也是一副药，国家主义也是一副药，无政府主义也是一副药，好政府主义也是一副药”，现在你“把所有的药方都褒贬得一文不值，都挖苦得不留余地，……这可是什么心理呢?”

这种心理，实在是应该责难的。但在实际上，我却还未曾见过这样的杂感，譬如说，同一作者，而以为三民主义者是违背了英美的自由，共产主义者又收受了俄国的卢布，国家主义太狭，无政府主义又太空……。所以梁先生的“零星”，是将他所见的杂感的罪状夸大了。

其实是，指摘一种主义的理由的缺点，或因此而生的弊病，虽是并非某一主义者，原也无所不可的。有如被压榨得痛了，就要叫喊，原不必在想出更好的主义之前，就定要咬住牙关。但自然，能有更好的主张，便更成一个样子。

不过我以为梁先生所谦逊地放在末尾的“好政府主义”，却还得更谦逊地放在例外的，因为自三民主义以至无政府主义，无论它性质的寒温如何，所开的究竟还是药名，如石膏，肉桂之类，——至于服后的利弊，那是另一个问题。独有“好政府主义”这“一副药”，他在药方上所开的却不是药名，而是“好药料”三个大字，以及一些唠唠叨叨的名医架子的“主张”。不错，谁也不能说医病应该用坏药料，但这张药方，是不必医生才配摇头，谁也会将他“褒贬得一文不值”（“褒”是“称赞”之意，用在这里，不但“不通”，也证明了不识“褒”字，但这是梁先生的原文，所以姑仍其旧）的。

倘这医生羞恼成怒，喝道：“你嘲笑我的好药料主义，就开出你的药方来!”那就更是大可笑的“现状”之一，即使并不根据什么主义，也会生出杂感来的。杂感之无穷无尽，正因为这样的“现状”太多的缘故。

一九三〇，四，十七

“丧家的”“资本家的乏走狗”

梁实秋先生为了《拓荒者》上称他为“资本家的走狗”，就做了一篇自云“我不生气”的文章。先据《拓荒者》第二期第六七二页上的定义，“觉得我自己便有点像是无产阶级里的一个”之后，再下“走狗”的定义，为“大凡做走狗的都是想讨主子的欢心因而得到一点恩惠”，于是又因而发生疑问道——

“《拓荒者》说我是资本家的走狗，是那一个资本家，还是所有的资本家？我还不知道我的主子是谁，我若知道，我一定要带着几分杂志去到主子面前表功，或者还许得到几个金镑或卢布的赏赉呢。……我只知道不断的劳动下去，便可以赚到钱来维持生计，至于如何可以做走狗，如何可以到资本家的帐房去领金镑，如何可以到××党去领卢布，这一套本领，我可怎么能知道呢？……”

这正是“资本家的走狗”的活写真。凡走狗，虽或为一个资本家所豢养，其实是属于所有的资本家的，所以它遇见所有的阔人都驯良，遇见所有的穷人都狂吠。不知道谁是它的主子，正是它遇见所有阔人都驯良的原因，也就是属于所有的资本家的证据。即使无人豢养，饿的精瘦，变成野狗了，但还是遇见所有的阔人都驯良，遇见所有的穷人都狂吠的，不过这时它就愈不明白谁是主子了。

梁先生既然自叙他怎样辛苦，好像“无产阶级”（即梁先生先前之所谓“劣败者”），又不知道“主子是谁”，那是属于后一类的了，为确当计，还得添几个字，称为“丧家的”“资本家的走狗”。

然而这名目还有些缺点。梁先生究竟是有智识的教授，所以和平常的不同。他终于不讲“文学是有阶级性的吗？”了，在《答鲁迅先生》那一篇里，很巧妙地插进电杆上写“武装保护苏联”，敲碎报馆玻璃那些句子去，在上文所引的一段里又写出“到××党去领卢布”字样来，那故意暗藏的两个×，是令人立刻可以悟出的“共产”这两字，指示着凡主张“文学有阶级性”，得罪了梁先生的人，都是在做“拥护苏联”，或“去领卢布”的勾当，和段祺瑞的卫兵枪杀学生，《晨报》却道学生为了几个卢布送命，自由大同盟上有我的名字，《革命日报》的通信上便说为“金光灿烂的卢布所买收”，都是同一手段。在梁先生，也许以为给主子嗅出匪类（“学匪”），也就是一种“批评”，然而这职业，比起“刽子手”来，也就更加下贱了。

我还记得，“国共合作”时代，通信和演说，称赞苏联，是极时髦的，现在可不同了，报章所载，则电杆上写字和“××党”，捕房正在捉得非常起劲，那么，为将自己的论敌指为“拥护苏联”或“××党”，自然也就髦得合时，或者还许会得到主子的“一点恩惠”了。但倘说梁先生意在要得“恩惠”或“金镑”，是冤枉的，决没有这回事，不过想借此助一臂之力，以济其“文艺批评”之穷罢了。所以从“文艺批评”方面看来，就还得在“走狗”之上，加上一个形容字：“乏”。

一九三〇，四，十九

“友邦惊诧”论

只要略有知觉的人就都知道：这回学生的请愿，是因为日本占据了辽吉，南京政府束手无策，单会去哀求国联，而国联却正和日本是一伙。读书呀，读书呀，不错，学生是应该读书的，但一面也要大人老爷们不至于葬送土地，这才能够安心读书。报上不是说过，东北大学逃散，冯庸大学逃散，日本兵看见学生模样的就枪毙吗？放下书包来请愿，真是已经可怜之至。不道国民党政府却在十二月十八日通电各地军政当局文里，又加上他们“捣毁机关，阻断交通，殴伤中委，拦劫汽车，攒击路人及公务人员，私逮刑讯，社会秩序，悉被破坏”的罪名，而且指出结果，说是“友邦人士，莫名惊诧，长此以往，国将不国”了！

好个“友邦人士”！日本帝国主义的兵队强占了辽吉，炮轰机关，他们不惊诧；阻断铁路，追炸客车，捕禁官吏，枪毙人民，他们不惊诧。中国国民党治下的连年内战，空前水灾，卖儿救穷，砍头示众，秘密杀戮，电刑逼供，他们也不惊诧。在学生的请愿中有一点纷扰，他们就惊诧了！

好个国民党政府的“友邦人士”！是些什么东西！

即使所举的罪状是真的罢，但这些事情，是无论那一个“友邦”也都有的，他们的维持他们的“秩序”的监狱，就撕掉了他们的“文明”的面具。摆什么“惊诧”的臭脸孔呢？

可是“友邦人士”一惊诧，我们的国府就怕了，“长此以往，国将不国”了，好像失了东三省，党国倒愈像一个国，失了东三省谁也不响，党国倒愈像一个国，失了东三省只有几个学生上几篇“呈文”，党国倒愈像一个国，可以博得“友邦人士”的夸奖，永远“国”下去一样。

几句电文，说得明白极了：怎样的党国，怎样的“友邦”。“友邦”要我们人民身受宰割，寂然无声，略有“越轨”，便加屠戮；党国是要我们遵从这“友邦人士”的希望，否则，他就要“通电各地军政当局”，“即予紧急处置，不得于事后借口无法劝阻，敷衍塞责”了！

因为“友邦人士”是知道的：日兵“无法劝阻”，学生们怎会“无法劝阻”？每月一千八百万的军费，四百万的政费，作什么用的呀，“军政当局”呀？

写此文后刚一天，就见二十一日《申报》登载南京专电云：“考试院部员张以宽，盛传前日为学生架去重伤。兹据张自述，当时因车夫误会，为群众引至中大，旋出校回寓，并无受伤之事。至行政院某秘书被拉到中大，亦当时出来，更无失踪之事。”而“教育消息”栏内，又记本埠一小部分学校赴京请愿学生死伤的确数，则云："中公死二人，伤三十人，复旦伤二人，复旦附中伤十人，东亚失踪一人（系女性），上中失踪一人，伤三人，文生氏死一人，伤五人……"可见学生并未如国府通电所说，将"社会秩序，破坏无余"，而国府则不但依然能够镇压，而且依然能够诬陷，杀戮。"友邦人士"，从此可以不必"惊诧莫名"，只请放心来瓜分就是了。

一九三一年

沉滓的泛起

日本占据了东三省以后的在上海一带的表示，报章上叫作“国难声中”。在这“国难声中”，恰如用棍子搅了一下停滞多年的池塘，各种古的沉滓，新的沉滓，就都翻着筋斗漂上来，在水面上转一个身，来趁势显示自己的存在了。

自信现在可以说能打仗的，是要操练久不想起的洋枪了，但也有现在也不想说去打仗的，那就照欧洲大战时候的德意志帝国的例，来“头脑动员”，以尽“国民一份子”的义务。有的去查《唐书》，说日本古名“倭奴”；有的去翻字典，说倭是矮小之意；有的记得了文天祥，岳飞，林则徐，——但自然，更积极的是新的文艺界。

先说一点另外的事罢，这叫作“和平声中”。在这样的声中，是“胡展堂先生”到了上海，据说还告诫青年，教他们要养“力”勿使“气”。灵药就有了。第二天在报上便见广告道：“胡汉民先生说，对日外交，应确定一坚强之原则，并劝勉青年须养力，毋泄气，养力就是强身，泄气就是悲观，要强身祛悲观，须先心花怒放，大笑一次。”但这样的宝贝是什么呢？是美国的一张旧影片，将探险滑稽化以博小市民一笑的《两亲家游非洲》。

至于真的“国难声中的兴奋剂”呢，那是“爱国歌舞表演”，自己说，“是民族性的活跃，是歌舞界的精髓，促进同胞的努力，达到最后的胜利”的。倘有知道这立奏奇功的大明星是谁么？曰：王人美，薛玲仙，黎莉莉。

然而终于“上海文艺界大团结”了。《草野》（六卷七号）上记着盛况道：“上海文艺界同人，平时很少联络，在严重时期，除各个参加其他团体的工作外，复由谢六逸，朱应鹏，徐蔚南三人发起，……集会讨论。在十月六日下午三点钟，已陆续到了东亚食堂，……略进茶点，即开始讨论，颇多发挥，……最后定名为上海文艺界救国会”云。

“发挥”我们还无从知道，仅据眼前的方法看起来，是先看《两亲家游非洲》以养力，又看“爱国的歌舞表演”以兴奋，更看《日本小品文选》和《艺术三家言》并且略进茶点而发挥。那么，中国就得救了。

不成。这恐怕不必文学青年，就是文学小囡囡，也未必会相信。没有法子，只得再加上两个另外的好消息，就是目前的爱国文艺家所主宰的《申报》所发表出来的——

十月五日的《自由谈》里叶华女士云：“无办法之国民，如何有有办法之政府。国联绝望矣。……际兹一发千钧，全国国民宜各立所志，各尽所能，各抒所见，余也不才，谨以战犬问题商诸国人。……各犬中，要以德国警犬最称职，余极主张吾国可选择是犬作战……”

同月二十五日也是《自由谈》里“苏民自汉口寄”云：“日者寓书沪友王子仲良，间及余之病状，而以不能投身义勇军为憾。王子……竟以灵药一裹见寄，云为培生制药公司所出益金草，功能治肺痨咳血，可一试之。……余立行试服，则咳果止，兼旬而后，体气渐复，因念……一旦国家有事，吾必身列戎行，一展平生之壮志，灭此朝食，行有日矣。……”

那是连病夫也立刻可以当兵，警犬也将帮同爱国，在爱国文艺家的指导之下，真是大可乐观，要“灭此朝食”了。只可惜不必是文学青年，就是文学小囡囡，也会觉得逐段看去，即使不称为“广告”的，也都不过是出卖旧货的新广告，要趁“国难声中”或“和平声中”将利益更多的榨到自己的手里的。

因为要这样，所以都得在这个时候，趁势在表面来泛一下，明星也有，文艺家也有，警犬也有，药也有……也因为趁势，泛起来就格外省力。但因为泛起来的是沉滓，沉滓又究竟不过是沉滓，所以因此一泛，他们的本相倒越加分明，而最后的运命，也还是仍旧沉下去。

一九三一年十月二十九日

风马牛

主张“顺而不信”译法的大将赵景深先生，近来却并没有译什么大作，他大抵只在《小说月报》上，将“国外文坛消息”来介绍给我们。这自然是很可感谢的。那些消息，是译来的呢，还是介绍者自去打听来，研究来的？我们无从捉摸。即使是译来的罢，但大抵没有说明出处，我们也无从考查。自然，在主张“顺而不信”译法的赵先生，这是都不必注意的，如果有些“不信”，倒正是贯彻了宗旨。

然而，疑难之处，我却还是遇到的。

在二月号的《小说月报》里，赵先生将“新群众作家近讯”告诉我们，其一道：“格罗泼已将马戏的图画故事《Alay Oop》脱稿。”这是极“顺”的，但待到看见了这本图画，却不尽是马戏。借得英文字典来，将书名下面注着的两行英文“Life and Love Among the Acrobats Told Entirely in Pictures”查了一通，才知道原来并不是“马戏”的故事，而是“做马戏的戏子们”的故事。这么一说，自然，有些“不顺”了。但内容既然是这样的，另外也没有法子想。必须是“马戏子”，这才会有“Love”。

《小说月报》到了十一月号，赵先生又告诉了我们“塞意斯完成四部曲”，而且“连最后的一册《半人半牛怪》（Der Zentaur）也已于今年出版”了。这一下“Der”，就令人眼睛发白，因为这是茄门话，就是想查字典，除了同济学校也几乎无处可借，那里还敢发生什么贰心。然而那下面的一个名词，却不写尚可，一写倒成了疑难杂症。这字大约是源于希腊的，英文字典上也就有，我们还常常看见用它做画材的图画，上半身是人，下半身却是马，不是牛。牛马同是哺乳动物，为了要“顺”，固然混用一回也不关紧要，但究竟马是奇蹄类，牛是偶蹄类，有些不同，还是分别了好，不必“出到最后的一册”的时候，偏来“牛”一下子的。

“牛”了一下之后，使我联想起赵先生的有名的“牛奶路”来了。这很像是直译或“硬译”，其实却不然，也是无缘无故的“牛”了进去的。这故事无须查字典，在图画上也能看见。却说希腊神话里的大神宙斯是一位很有些喜欢女人的神，他有一回到人间去，和某女士生了一个男孩子。物必有偶，宙斯太太却偏又是一个很有些嫉妒心的女神。她一知道，拍桌打凳的（?）大怒了一通之后，便将那孩子取到天上，要看机会将他害死。然而孩子是天真的，他满不知道，有一回，碰着了宙太太的乳头，便一吸，太太大吃一惊，将他一推，跌落到人间，不但没有被害，后来还成了英雄。但宙太太的乳汁，却因此一吸，喷了出来，飞散天空，成为银河，也就是“牛奶路”，——不，其实是“神奶路”。但白种人是一切“奶”都叫“Milk”的，我们看惯了罐头牛奶上的文字，有时就不免于误译，是的，这也是无足怪的事。

但以对于翻译大有主张的名人，而遇马发昏，爱牛成性，有些“牛头不对马嘴”的翻译，却也可当作一点谈助。——不过当作别人的一点谈助，并且借此知道一点希腊神话而已，于赵先生的“与其信而不顺，不如顺而不信”的格言，却还是毫无损害的。这叫作“乱译万岁！”

一九三一年

柔石小传

柔石，原名平复，姓赵，以一九〇一年生于浙江省台州宁海县的市门头。前几代都是读书的，到他的父亲，家景已不能支，只好去营小小的商业，所以他直到十岁，这才能入小学。一九一七年赴杭州，入第一师范学校；一面为杭州晨光社之一员，从事新文学运动。毕业后，在慈溪等处为小学教师，且从事创作，有短篇小说集《疯人》一本，即在宁波出版，是为柔石作品印行之始。一九二三年赴北京，为北京大学旁听生。

回乡后，于一九二五年春，为镇海中学校务主任，抵抗北洋军阀的压迫甚力。秋，咯血，但仍力助宁海青年，创办宁海中学，至次年，竟得募集款项，造成校舍；一面又任教育局局长，改革全县的教育。

一九二八年四月，乡村发生暴动，失败后，到处反动，较新的全被摧毁，宁海中学既遭解散，柔石也单身出走，寓居上海，研究文艺。十二月为《语丝》编辑，又与友人设立朝华社，于创作之外，并致力于绍介外国文艺，尤其是北欧，东欧的文学与版画，出版的有《朝华》周刊二十期，旬刊十二期，及《艺苑朝华》五本。后因代售者不付书价，力不能支，遂中止。

一九三〇年春，自由运动大同盟发动，柔石为发起人之一；不久，左翼作家联盟成立，他也为基本构成员之一，尽力于普罗文学运动。先被选为执行委员，次任常务委员编辑部主任；五月间，以左联代表的资格，参加全国苏维埃区域代表大会，毕后，作《一个伟大的印象》一篇。

一九三一年一月十七日被捕，由巡捕房经特别法庭移交龙华警备司令部，二月七日晚，被秘密枪决，身中十弹。

柔石有子二人，女一人，皆幼。文学上的成绩，创作有诗剧《人间的喜剧》，未印，小说《旧时代之死》，《三姊妹》，《二月》，《希望》，翻译有卢那卡尔斯基的《浮士德与城》，戈理基的《阿尔泰莫诺夫氏之事业》及《丹麦短篇小说集》等。

一九三一年

习惯与改革

体质和精神都已硬化了的人民，对于极小的一点改革，也无不加以阻挠，表面上好像恐怕于自己不便，其实是恐怕于自己不利，但所设的口实，却往往见得极其公正而且堂皇。

今年的禁用阴历，原也是琐碎的，无关大体的事，但商家当然叫苦连天了。不特此也，连上海的无业游民，公司雇员，竟也常常慨然长叹，或者说这很不便于农家的耕种，或者说这很不便于海船的候潮。他们居然因此念起久不相干的乡下的农夫，海上的舟子来。这真像煞有些博爱。

一到阴历的十二月二十三，爆竹就到处毕毕剥剥。我问一家的店伙："今年仍可以过旧历年，明年一准过新历年么?"那回答是："明年又是明年，要明年再看了。"他并不信明年非过阳历年不可。但日历上，却诚然删掉了阴历，只存节气。然而一面在报章上，则出现了《一百二十年阴阳合历》的广告。好，他们连曾孙玄孙时代的阴历，也已经给准备妥当了，一百二十年!

梁实秋先生们虽然很讨厌多数，但多数的力量是伟大，要紧的，有志于改革者倘不深知民众的心，设法利导，改进，则无论怎样的高文宏议，浪漫古典，都和他们无干，仅止于几个人在书房中互相叹赏，得些自己满足。假如竟有“好人政府”，出令改革乎，不多久，就早被他们拉回旧道上去了。

真实的革命者，自有独到的见解，例如乌略诺夫先生，他是将“风俗”和“习惯”，都包括在“文化”之内的，并且以为改革这些，很为困难。我想，但倘不将这些改革，则这革命即等于无成，如沙上建塔，顷刻倒坏。中国最初的排满革命，所以易得响应者，因为口号是“光复旧物”，就是“复古”，易于取得保守的人民同意的缘故。但到后来，竟没有历史上定例的开国之初的盛世，只枉然失了一条辫子，就很为大家所不满了。

以后较新的改革，就著著失败，改革一两，反动十斤，例如上述的一年日历上不准注阴历，却来了阴阳合历一百二十年。

这种合历，欢迎的人们一定是很多的，因为这是风俗和习惯所拥护，所以也有风俗和习惯的后援。别的事也如此，倘不深入民众的大层中，于他们的风俗习惯，加以研究，解剖，分别好坏，立存废的标准，而于存于废，都慎选施行的方法，则无论怎样的改革，都将为习惯的岩石所压碎，或者只在表面上浮游一些时。

现在已不是在书斋中，捧书本高谈宗教，法律，文艺，美术……等等的时候了，即使要谈论这些，也必须先知道习惯和风俗，而且有正视这些的黑暗面的勇猛和毅力。因为倘不看清，就无从改革。仅大叫未来的光明，其实是欺骗怠慢的自己和怠慢的听众的。

一九三〇年

宣传与做戏

就是那刚刚说过的日本人，他们做文章论及中国的国民性的时候，内中往往有一条叫作“善于宣传”。看他的说明，这“宣传”两字却又不像是平常的“Propaganda”，而是“对外说谎”的意思。

这宗话，影子是有一点的。譬如罢，教育经费用光了，却还要开几个学堂，装装门面；全国的人们十之九不识字，然而总得请几位博士，使他对西洋人去讲中国的精神文明；至今还是随便拷问，随便杀头，一面却总支撑维持着几个洋式的“模范监狱”，给外国人看看。还有，离前敌很远的将军，他偏要大打电报，说要“为国前驱”。连体操班也不愿意上的学生少爷，他偏要穿上军装，说是“灭此朝食”。

不过，这些究竟还有一点影子；究竟还有几个学堂，几个博士，几个模范监狱，几个通电，几套军装。所以说是“说谎”，是不对的。这就是我之所谓“做戏”。

但这普遍的做戏，却比真的做戏还要坏。真的做戏，是只有一时；戏子做完戏，也就恢复为平常状态的。杨小楼做《单刀赴会》，梅兰芳做《黛玉葬花》，只有在戏台上的时候是关云长，是林黛玉，下台就成了普通人，所以并没有大弊。倘使他们扮演一回之后，就永远提着青龙偃月刀或锄头，以关老爷，林妹妹自命，怪声怪气，唱来唱去，那就实在只好算是发热昏了。

不幸因为是“天地大戏场”，可以普遍的做戏者，就很难有下台的时候，例如杨缦华女士用自己的天足，踢破小国比利时女人的“中国女人缠足说”，为面子起见，用权术来解围，这还可以说是很该原谅的。但我以为应该这样就拉倒。现在回到寓里，做成文章，这就是进了后台还不肯放下青龙偃月刀；而且又将那文章送到中国的《申报》上来发表，则简直是提着青龙偃月刀一路唱回自己的家里来了。难道作者真已忘记了中国女人曾经缠脚，至今也还有正在缠脚的么？还是以为中国人都已经自己催眠，觉得全国女人都已穿了高跟皮鞋了呢？

这不过是一个例子罢了，相像的还多得很，但恐怕不久天也就要亮了。

一九三一年

以脚报国

今年八月三十一日《申报》的《自由谈》里，又看见了署名“寄萍”的《杨缦华女士游欧杂感》，其中的一段，我觉得很有趣，就照抄在下面：

“……有一天我们到比利时一个乡村里去。许多女人争着来看我的脚。我伸起脚来给伊们看。才平服伊们好奇的疑窦。一位女人说‘我们也向来不曾见过中国人。但从小就听说中国人是有尾巴的（即辫发）。都要讨姨太太的。女人都是小脚。跑起路来一摇一摆的。如今才明白这话不确实。请原谅我们的错念。’还有一人自以为熟悉东亚情形的。带着讥笑的态度说：‘中国的军阀如何专横。到处闹的是兵匪。人民过着地狱的生活。’这种似是而非的话，说了一大堆。我说‘此种传说。全无根据。’同行的某君。也报以很滑稽的话。‘我看你们那里会知道立国数千年的大中华民国，等我们革命成功之后。简直要把显微镜来照你们比利时呢。’就此一笑而散。”

我们的杨女士虽然用她的尊脚征服了比利时女人，为国增光，但也有两点“错念”。其一，是我们中国人的确有过尾巴（即辫发）的，缠过小脚的，讨过姨太太的，虽现在也在讨。其二，是杨女士的脚不能代表一切中国女人的脚，正如留学的女生不能代表一切中国的女性一般。留学生大多数是家里有钱，或由政府派遣，为的是将来给家族或国家增光，贫穷和受不到教育的女人怎么能同日而语。所以，虽在现在，其实是缠着小脚，“跑起路来一摇一摆的”女人还不少。

至于困苦，那是用不着多谈，只要看同一的《申报》上，记载着多少“呼吁和平”的文电，多少募集急赈的广告，多少兵变和绑票的记事，留学外国的少爷小姐们虽然相隔太远，可以说不知道，但既然能想到用显微镜，难道就不能想到用望远镜吗？况且又何必用望远镜呢，同一的《杨缦华女士游欧杂感》里就又说：

“……据说使领馆的穷困，不自今日始。不过近几年来，有每况愈下之势。譬如逢到我国国庆或是重大纪念日，照例须招待外宾，举行盛典，意思是庆祝国运方兴。兼之联络各友邦的感情。以前使领馆必备盛宴，款待上宾，到了去年，为馆费支绌，改行茶会，以目前的形势推测，将后恐怕连茶会都开不成呢。在国际上最讲究体面的，要算

日本国，他们政府行政费的预算，宁可特别节省，惟独于驻外使领馆的经费，十分充足。单就这一点来比较。我们已相形见拙了。”

使馆和领事馆是代表本国，如杨女士所说，要“庆祝国运方兴”的，而竟有“每况愈下之势”，孟子曰，“百姓不足，君孰与足?”则人民的过着什么生活，也就可想而知了。然而小国比利时的女人们究竟是单纯的，终于请求了原谅，假使她们真“知道立国数千年的大中华民国”的国民，往往有自欺欺人的不治之症，那可真是没有面子了。

假如这样，又怎么办呢?我想，也还是“就此一笑而散”罢。

第二辑　《南腔北调集》

题记

一两年前，上海有一位文学家，现在是好像不在这里了，那时候，却常常拉别人为材料，来写她的所谓“素描”。我也没有被赦免。据说，我极喜欢演说，但讲话的时候是口吃的，至于用语，则是南腔北调。前两点我很惊奇，后一点可是十分佩服了。真的，我不会说绵软的苏白，不会打响亮的京腔，不入调，不入流，实在是南腔北调。而且近几年来，这缺点还有开拓到文字上去的趋势；《语丝》早经停刊，没有了任意说话的地方，打杂的笔墨，是也得给各个编辑者设身处地地想一想的，于是文章也就不能划一不二，可说之处说一点，不能说之处便罢休。即使在电影上，不也有时看得见黑奴怒形于色的时候，一有同是黑奴而手里拿着皮鞭的走过来，便赶紧低下头去么？我也毫不强横。

一俯一仰，居然又到年底，邻近有几家放鞭爆，原来一过夜，就要“天增岁月人增寿”了。静着没事，有意无意的翻出这两年所作的杂文稿子来，排了一下，看看已经足够印成一本，同时记得了那上面所说的“素描”里的话，便名之曰《南腔北调集》，准备和还未成书的将来的《五讲三嘘集》配对。我在私塾里读书时，对过对，这积习至今没有洗干净，题目上有时就玩些什么《偶成》，《漫与》，《作文秘诀》，《捣鬼心传》，这回却闹到书名上来了。这是不足为训的。

其次，就自己想：今年印过一本《伪自由书》，如果这也付印，那明年就又有一本了。于是自己觉得笑了一笑。这笑，是有些恶意的，因为我这时想到了梁实秋先生，他在北方一面做教授，一面编副刊，一位喽罗儿就在那副刊上说我和美国的门肯（H. L. Mencken）相像，因为每年都要出一本书。每年出一本书就会像每年也出一本书的门肯，那么，吃大菜而做教授，真可以等于美国的白璧德了。低能好像是也可以传授似的。但梁教授极不愿意因他而牵连白璧德，是据说小人的造谣；不过门肯却正是和白璧德相反的人，以我比彼，虽出自徒孙之口，骨子里却还是白老夫子的鬼魂在作怪。指头一拨，君子就翻一个筋斗，我觉得我到底也还有手腕和眼睛。

不过这是小事情。举其大者，则一看去年一月八日所写的《“非所计也”》，就好像着了鬼迷，做了恶梦，胡里胡涂，不久就整两年。怪事随时袭来，我们也随时忘却，倘不重温这些杂感，连我自己做过短评的人，也毫不记得了。一年要出一本书，确也可以使学者们摇头的，然而只有这一本，虽然浅薄，却还借此存留一点遗闻逸事，以中国之大，世变之亟，恐怕也未必就算太多了罢。

两年来所作的杂文，除登在《自由谈》上者外，几乎都在这里面；书的序跋，却只选了自以为还有几句可取的几篇。曾经登载这些的刊物，是《十字街头》，《文学月报》，《北斗》，《现代》，《涛声》，《论语》，《申报月刊》，《文学》等，当时是大抵用了别的笔名投稿的；但有一篇没有发表过。

一九三三年十二月三十一日之夜，于上海寓斋记

我们不再受骗了

帝国主义是一定要进攻苏联的。苏联愈弄得好，它们愈急于要进攻，因为它们愈要趋于灭亡。

我们被帝国主义及其侍从们真是骗得长久了。十月革命之后，它们总是说苏联怎么穷下去，怎么凶恶，怎么破坏文化。但现在的事实怎样？小麦和煤油的输出，不是使世界吃惊了么？正面之敌的实业党的首领，不是也只判了十年的监禁么？列宁格勒，墨斯科的图书馆和博物馆，不是都没有被炸掉么？文学家如绥拉菲摩维支，法捷耶夫，革拉特珂夫，绥甫林娜，唆罗诃夫等，不是西欧东亚，无不赞美他们的作品么？关于艺术的事我不大知道，但据乌曼斯基（K. Umansky）说，一九一九年中，在墨斯科的展览会就二十次，列宁格勒两次（《Neue Kunst in Russland》），则现在的旺盛，更是可想而知了。

然而谣言家是极无耻而且巧妙的，一到事实证明了他的话是撒谎时，他就躲下，另外又来一批。

新近我看见一本小册子，是说美国的财政有复兴的希望的，序上说，苏联的购领物品，必须排成长串，现在也无异于从前，仿佛他很为排成长串的人们抱不平，发慈悲一样。

这一事，我是相信的，因为苏联内是正在建设的途中，外是受着帝国主义的压迫，许多物品，当然不能充足。但我们也听到别国的失业者，排着长串向饥寒进行；中国的人民，在内战，在外侮，在水灾，在榨取的大罗网之下，排着长串而进向死亡去。

然而帝国主义及其奴才们，还来对我们说苏联怎么不好，好像它倒愿意苏联一下子就变成天堂，人们个个享福。现在竟这样子，它失望了，不舒服了。——这真是恶鬼的眼泪。

一睁开眼，就露出恶鬼的本相来的，——它要去惩办了。

它一面去惩办，一面来诳骗。正义，人道，公理之类的话，又要满天飞舞了。但我们记得，欧洲大战时候，飞舞过一回的，骗得我们的许多苦工，到前线去替它们死，接着是在北京的中央公园里竖了一块无耻的，愚不可及的“公理战胜”的牌坊（但后来又改掉了）。现在怎样？“公理”在那里？这事还不过十六年，我们记得的。

帝国主义和我们，除了它的奴才之外，那一样利害不和我们正相反？我们的痈疽，是它们的宝贝，那么，它们的敌人，当然是我们的朋友了。它们自身正在崩溃下去，无法支持，为挽救自己的末运，便憎恶苏联的向上。谣诼，诅咒，怨恨，无所不至，没有效，终于只得准备动手去打了，一定要灭掉它才睡得着。但我们干什么呢？我们还会再被骗么？

“苏联是无产阶级专政的，智识阶级就要饿死。”——一位有名的记者曾经这样警告我。是的，这倒恐怕要使我也有些睡不着了。但无产阶级专政，不是为了将来的无阶级社会么？只要你不去谋害它，自然成功就早，阶级的消灭也就早，那时就谁也不会“饿死”了。不消说，排长串是一时难免的，但到底会快起来。

帝国主义的奴才们要去打，自己（！）跟着它的主人去打去就是。我们人民和它们是利害完全相反的。我们反对进攻苏联。我们倒要打倒进攻苏联的恶鬼，无论它说着怎样甜腻的话头，装着怎样公正的面孔。

这才也是我们自己的生路！

五月六日

辱骂和恐吓决不是战斗

——致《文学月报》编辑的一封信

起应兄：

前天收到《文学月报》第四期，看了一下。我所觉得不足的，并非因为它不及别种杂志的五花八门，乃是总还不能比先前充实。但这回提出了几位新的作家来，是极好的，作品的好坏我且不论，最近几年的刊物上，倘不是姓名曾经排印过了的作家，就很有不能登载的趋势，这么下去，新的作者要没有发表作品的机会了。现在打破了这局面，虽然不过是一种月刊的一期，但究竟也扫去一些沉闷，所以我以为是一种好事情。但是，我对于芸生先生的一篇诗，却非常失望。

这诗，一目了然，是看了前一期的别德纳衣的讽刺诗而作的。然而我们来比一比罢，别德纳衣的诗虽然自认为“恶毒”，但其中最甚的也不过是笑骂。这诗怎么样？有辱骂，有恐吓，还有无聊的攻击：其实是大可以不必作的。

例如罢，开首就是对于姓的开玩笑。一个作者自取的别名，自然可以窥见他的思想，譬如“铁血”，“病鹃”之类，固不妨由此开一点小玩笑。但姓氏籍贯，却不能决定本人的功罪，因为这是从上代传下来的，不能由他自主。我说这话还在四年之前，当时曾有人评我为“封建余孽”，其实是捧住了这样的题材，欣欣然自以为得计者，倒是十分“封建的”的。不过这种风气，近几年颇少见了，不料现在竟又复活起来，这确不能不说是一个退步。

尤其不堪的是结末的辱骂。现在有些作品，往往并非必要而偏在对话里写上许多骂语去，好像以为非此便不是无产者作品，骂詈愈多，就愈是无产者作品似的。其实好的工农之中，并不随口骂人的多得很，作者不应该将上海流氓的行为，涂在他们身上的。即使有喜欢骂人的无产者，也只是一种坏脾气，作者应该由文艺加以纠正，万不可再来展开，使将来的无阶级社会中，一言不合，便祖宗三代的闹得不可开交。况且即是笔战，就也如别的兵战或拳斗一样，不妨伺隙乘虚，以一击制敌人的死命，如果一味鼓噪，已是《三国志演义》式战法，至于骂一句爹娘，扬长而去，还自以为胜利，那简直是“阿Q”式的战法了。

接着又是什么“剖西瓜”之类的恐吓，这也是极不对的，我想。无产者的革命，乃是为了自己的解放和消灭阶级，并非因为要杀人，即使是正面的敌人，倘不死于战场，就有大众的裁判，决不是一个诗人所能提笔判定生死的。现在虽然很有什么“杀人放火”的传闻，但这只是一种诬陷。中国的报纸上看不出实话，然而只要一看别国的例子也就可以恍然：德国的无产阶级革命（虽然没有成功），并没有乱杀人；俄国不是连皇帝的宫殿都没有烧掉么？而我们的作者，却将革命的工农用笔涂成一个吓人的鬼脸，由我看来，真是卤莽之极了。

自然，中国历来的文坛上，常见的是诬陷，造谣，恐吓，辱骂，翻一翻大部的历史，就往往可以遇见这样的文章，直到现在，还在应用，而且更加厉害。但我想，这一份遗产，还是都让给叭儿狗文艺家去承受罢，我们的作者倘不竭力的抛弃了它，是会和他们成为“一丘之貉”的。

不过我并非主张要对敌人陪笑脸，三鞠躬。我只是说，战斗的作者应该注重于“论争”；倘在诗人，则因为情不可遏而愤怒，而笑骂，自然也无不可。但必须止于嘲笑，止于热骂，而且要“喜笑怒骂，皆成文章”，使敌人因此受伤或致死，而自己并无卑劣的行为，观者也不以为污秽，这才是战斗的作者的本领。

刚才想到了以上的一些，便写出寄上，也许于编辑上可供参考。总之，我是极希望此后的《文学月报》上不再有那样的作品的。

专此布达，并问

好。

十二月十日

听说梦

做梦，是自由的，说梦，就不自由。做梦，是做真梦的，说梦，就难免说谎。

大年初一，就得到一本《东方杂志》新年特大号，临末有“新年的梦想”，问的是“梦想中的未来中国”和“个人生活”，答的有一百四十多人。记者的苦心，我是明白的，想必以为言论不自由，不如来说梦，而且与其说所谓真话之假，不如来谈谈梦话之真，我高兴的翻了一下，知道记者先生却大大的失败了。

当我还未得到这本特大号之前，就遇到过一位投稿者，他比我先看见印本，自说他的答案已被资本家删改了，他所说的梦其实并不如此。这可见资本家虽然还没法禁止人们做梦，而说了出来，倘为权力所及，却要干涉的，决不给你自由。这一点，已是记者的大失败。

但我们且不去管这改梦案子，只来看写着的梦境罢，诚如记者所说，来答复的几乎全部是智识分子。首先，是谁也觉得生活不安定，其次，是许多人梦想着将来的好社会，“各尽所能”呀，“大同世界”呀，很有些“越轨”气息了（末三句是我添的，记者并没有说）。

但他后来就有点“痴”起来，他不知从那里拾来了一种学说，将一百多个梦分为两大类，说那些梦想好社会的都是“载道”之梦，是“异端”，正宗的梦应该是“言志”的，硬把“志”弄成一个空洞无物的东西。然而，孔子曰，“盍各言尔志”，而终于赞成曾点者，就因为其“志”合于孔子之“道”的缘故也。

其实是记者的所以为“载道”的梦，那里面少得很。文章是醒着的时候写的，问题又近于“心理测验”，遂致对答者不能不做出各各适宜于目下自己的职业，地位，身分的梦来（已被删改者自然不在此例），即使看去好像怎样“载道”，但为将来的好社会“宣传”的意思，是没有的。所以，虽然梦“大家有饭吃”者有人，梦“无阶级社会”者有人，梦“大同世界”者有人，而很少有人梦见建设这样社会以前的阶级斗争，白色恐怖，轰炸，虐杀，鼻子里灌辣椒水，电刑……倘不梦见这些，好社会是不会来的，无论怎么写得光明，终究是一个梦，空头的梦，说了出来，也无非教人都进这空头的梦境里面去。

然而要实现这“梦”境的人们是有的，他们不是说，而是做，梦着将来，而致力于达到这一种将来的现在。因为有这事实，这才使许多智识分子不能不说好像“载道”的梦，但其实并非“载道”，乃是给“道”载了一下，倘要简洁，应该说是

“道载”的。

为什么会给“道载”呢？曰：为目前和将来的吃饭问题而已。

我们还受着旧思想的束缚，一说到吃，就觉得近乎鄙俗。但我是毫没有轻视对答者诸公的意思的。《东方杂志》记者在《读后感》里，也曾引佛洛伊特的意见，以为“正宗”的梦，是“表现各人的心底的秘密而不带着社会作用的”。但佛洛伊特以被压抑为梦的根柢——人为什么被压抑的呢？这就和社会制度，习惯之类连结了起来，单是做梦不打紧，一说，一问，一分析，可就不妥当了。记者没有想到这一层，于是就一头撞在资本家的朱笔上。但引“压抑说”来释梦，我想，大家必已经不以为忤了罢。

不过，佛洛伊特恐怕是有几文钱，吃得饱饱的罢，所以没有感到吃饭之难，只注意于性欲。有许多人正和他在同一境遇上，就也轰然的拍起手来。诚然，他也告诉过我们，女儿多爱父亲，儿子多爱母亲，即因为异性的缘故。然而婴孩出生不多久，无论男女，就尖起嘴唇，将头转来转去。莫非它想和异性接吻么？不，谁都知道：是要吃东西！

食欲的根柢，实在比性欲还要深，在目下开口爱人，闭口情书，并不以为肉麻的时候，我们也大可以不必讳言要吃饭。因为是醒着做的梦，所以不免有些不真，因为题目究竟是“梦想”，而且如记者先生所说，我们是“物质的需要远过于精神的追求”了，所以乘着 Censors（也引用佛洛伊特语）的监护好像解除了之际，便公开了一部分。其实也是在“梦中贴标语，喊口号”，不过不是积极的罢了，而且有些也许倒和表面的“标语”正相反。

时代是这么变化，饭碗是这样艰难，想想现在和将来，有些人也只能如此说梦，同是小资产阶级（虽然也有人定我为“封建余孽”或“土著资产阶级”，但我自己姑且定为属于这阶级），很能够彼此心照，然而也无须秘而不宣的。

至于另有些梦为隐士，梦为渔樵，和本相全不相同的名人，其实也只是豫感饭碗之脆，而却想将吃饭范围扩大起来，从朝廷而至园林，由洋场及于山泽，比上面说过的那些志向要大得远，不过这里不来多说了。

一九三三年一月一日

为了忘却的记念

一

我早已想写一点文字，来记念几个青年的作家。这并非为了别的，只因为两年以来，悲愤总时时来袭击我的心，至今没有停止，我很想借此算是竦身一摇，将悲哀摆脱，给自己轻松一下，照直说，就是我倒要将他们忘却了。

两年前的此时，即一九三一年的二月七日夜或八日晨，是我们的五个青年作家同时遇害的时候。当时上海的报章都不敢载这件事，或者也许是不愿，或不屑载这件事，只在《文艺新闻》上有一点隐约其辞的文章。那第十一期（五月二十五日）里，有一篇林莽先生作的《白莽印象记》，中间说：

“他做了好些诗，又译过匈牙利诗人彼得斐的几首诗，当时的《奔流》的编辑者鲁迅接到了他的投稿，便来信要和他会面，但他却是不愿见名人的人，结果是鲁迅自己跑来找他，竭力鼓励他作文学的工作，但他终于不能坐在亭子间里写，又去跑他的路了。不久，他又一次的被了捕。……”

这里所说的我们的事情其实是不确的。白莽并没有这么高慢，他曾经到过我的寓所来，但也不是因为我要求和他会面；我也没有这么高慢，对于一位素不相识的投稿者，会轻率的写信去叫他。我们相见的原因很平常，那时他所投的是从德文译出的《彼得斐传》，我就发信去讨原文，原文是载在诗集前面的，邮寄不便，他就亲自送来了。看去是一个二十多岁的青年，面貌很端正，颜色是黑黑的，当时的谈话我已经忘却，只记得他自说姓徐，象山人；我问他为什么代你收信的女士是这么一个怪名字（怎么怪法，现在也忘却了），他说她就喜欢起得这么怪，罗曼谛克，自己也有些和她不大对劲了。就只剩了这一点。

夜里，我将译文和原文粗粗的对了一遍，知道除几处误译之外，还有一个故意的曲译。他像是不喜欢"国民诗人"这个字的，都改成"民众诗人"了。第二天又接到他一封来信，说很悔和我相见，他的话多，我的话少，又冷，好像受了一种威压似的。我便写一封回信去解释，说初次相会，说话不多，也是人之常情，并且告诉他不应该由自己的爱憎，将原文改变。因为他的原书留在我这里了，就将我所藏的两本集子送给他，问他可能再译几首诗，以供读者的参看。他果然译了几首，自己拿来了，我们就谈得比第一回多一些。这传和诗，后来就都登在《奔流》第二卷第五本，即最末的一本里。

我们第三次相见，我记得是在一个热天。有人打门了，我去开门时，来的就是白莽，却穿着一件厚棉袍，汗流满面，彼此都不禁失笑。这时他才告诉我他是一个革命者，刚由被捕而释出，衣服和书籍全被没收了，连我送他的那两本；身上的袍子是从朋友那里借来的，没有夹衫，而必须穿长衣，所以只好这么出汗。我想，这大约就是林莽先生说的“又一次的被了捕”的那一次了。

我很欣幸他的得释，就赶紧付给稿费，使他可以买一件夹衫，但一面又很为我的那两本书痛惜：落在捕房的手里，真是明珠投暗了。那两本书，原是极平常的，一本散文，一本诗集，据德文译者说，这是他搜集起来的，虽在匈牙利本国，也还没有这么完全的本子，然而印在《莱克朗氏万有文库》（Reclam's Universal－Bibliothek）中，倘在德国，就随处可得，也值不到一元钱。不过在我是一种宝贝，因为这是三十年前，正当我热爱彼得斐的时候，特地托丸善书店从德国去买来的，那时还恐怕因为书极便宜，店员不肯经手，开口时非常惴惴。后来大抵带在身边，只是情随事迁，已没有翻译的意思了，这回便决计送给这也如我的那时一样，热爱彼得斐的诗的青年，算是给它寻得了一个好着落。所以还郑重其事，托柔石亲自送去的。谁料竟会落在“三道头”之类的手里的呢，这岂不冤枉！

二

我的决不邀投稿者相见，其实也并不完全因为谦虚，其中含着省事的分子也不少。由于历来的经验，我知道青年们，尤其是文学青年们，十之九是感觉很敏，自尊心也很旺盛的，一不小心，极容易得到误解，所以倒是故意回避的时候多。见面尚且怕，更不必说敢有托付了。但那时我在上海，也有一个惟一的不但敢于随便谈笑，而且还敢于托他办点私事的人，那就是送书去给白莽的柔石。

我和柔石最初的相见，不知道是何时，在那里。他仿佛说过，曾在北京听过我的讲义，那么，当在八九年之前了。我也忘记了在上海怎么来往起来，总之，他那时住在景云里，离我的寓所不过四五家门面，不知怎么一来，就来往起来了。大约最初的一回他就告诉我是姓赵，名平复。但他又曾谈起他家乡的豪绅的气焰之盛，说是有一个绅士，以为他的名字好，要给儿子用，叫他不要用这名字了。所以我疑心他的原名是“平福”，平稳而有福，才正中乡绅的意，对于“复”字却未必有这么热心。他的家乡，是台州的宁海，这只要一看他那台州式的硬气就知道，而且颇有点迂，有时会令我忽而想到方孝孺，觉得好像也有些这模样的。

他躲在寓里弄文学，也创作，也翻译，我们往来了许多日，说得投合起来了，于是另外约定了几个同意的青年，设立朝华社。目的是在绍介东欧和北欧的文学，输入外国的版画，因为我们都以为应该来扶植一点刚健质朴的文艺。接着就印《朝花旬刊》，印《近代世界短篇小说集》，印《艺苑朝华》，算都在循着这条线，只有其中的一本《蕗谷虹儿画选》，是为了扫荡上海滩上的“艺术家”，即戳穿叶灵凤这纸老虎而印的。

然而柔石自己没有钱，他借了二百多块钱来做印本。除买纸之外，大部分的稿子和杂务都是归他做，如跑印刷局，制图，校字之类。可是往往不如意，说起来皱着眉头。看他旧作品，都很有悲观的气息，但实际上并不然，他相信人们是好的。我有时谈到人会怎样的骗人，怎样的卖友，怎样的吮血，他就前额亮晶晶的，惊疑地圆睁了近视的眼睛，抗议道，“会这样的么？——不至于此罢？……”

不过朝花社不久就倒闭了，我也不想说清其中的原因，总之是柔石的理想的头，先碰了一个大钉子，力气固然白化，此外还得去借一百块钱来付纸账。后来他对于我那“人心惟危”说的怀疑减少了，有时也叹息道，“真会这样的么？……”但是，他仍然相信人们是好的。

他于是一面将自己所应得的朝花社的残书送到明日书店和光华书局去，希望还能够收回几文钱，一面就看拼命的译书，准备还借款，这就是卖给商务印书馆的《丹麦短篇小说集》和戈理基作的长篇小说《阿尔泰莫诺夫之事业》。但我想，这些译稿，也许去年已被兵火烧掉了。

他的迂渐渐的改变起来，终于也敢和女性的同乡或朋友一同去走路了，但那距离，却至少总有三四尺的。这方法很不好，有时我在路上遇见他，只要在相距三四尺前后或左右有一个年青漂亮的女人，我便会疑心就是他的朋友。但他和我一同走路的时候，可就走得近了，简直是扶住我，因为怕我被汽车或电车撞死；我这面也为他近视而又要照顾别人担心，大家都苍皇失措的愁一路，所以倘不是万不得已，我是不大和他一同出去的，我实在看得他吃力，因而自己也吃力。

无论从旧道德，从新道德，只要是损己利人的，他就挑选上，自己背起来。

他终于决定地改变了，有一回，曾经明白的告诉我，此后应该转换作品的内容和形式。我说：这怕难罢，譬如使惯了刀的，这回要他耍棍，怎么能行呢？他简洁的答道：只要学起来！

他说的并不是空话，真也在从新学起来了，其时他曾经带了一个朋友来访我，那就是冯铿女士。谈了一些天，我对于她终于很隔膜，我疑心她有点罗曼谛克，急于事功；我又疑心柔石的近来要做大部的小说，是发源于她的主张的。但我又疑心我自己，也许是柔石的先前的斩钉截铁的回答，正中了我那其实是偷懒的主张的伤疤，所以不自觉地迁怒到她身上去了。——我其实也并不比我所怕见的神经过敏而自尊的文学青年高明。

她的体质是弱的，也并不美丽。

三

直到左翼作家联盟成立之后，我才知道我所认识的白莽，就是在《拓荒者》上做诗的殷夫。有一次大会时，我便带了一本德译的，一个美国的新闻记者所做的中国游记去送他，这不过以为他可以由此练习德文，另外并无深意。然而他没有来。我只得又托了柔石。

但不久，他们竟一同被捕，我的那一本书，又被没收，落在"三道头"之类的手里了。

四

明日书店要出一种期刊，请柔石去做编辑，他答应了；书店还想印我的译著，托他来问版税的办法，我便将我和北新书局所订的合同，抄了一份交给他，他向衣袋里一塞，匆匆的走了。其时是一九三一年一月十六日的夜间，而不料这一去，竟就是我和他相见的末一回，竟就是我们的永诀。

第二天，他就在一个会场上被捕了，衣袋里还藏着我那印书的合同，听说官厅因此正在找寻我。印书的合同，是明明白白的，但我不愿意到那些不明不白的地方去辩解。记得《说岳全传》里讲过一个高僧，当追捕的差役刚到寺门之前，他就“坐化”了，还留下什么“何立从东来，我向西方走”的偈子。这是奴隶所幻想的脱离苦海的惟一的好方法，“剑侠”盼不到，最自在的惟此而已。我不是高僧，没有涅磐的自由，却还有生之留恋，我于是就逃走。

这一夜，我烧掉了朋友们的旧信札，就和女人抱着孩子走在一个客栈里。不几天，即听得外面纷纷传我被捕，或是被杀了，柔石的消息却很少。有的说，他曾经被巡捕带到明日书店里，问是否是编辑；有的说，他曾经被巡捕带往北新书局去，问是否是柔石，手上上了铐，可见案情是重的。但怎样的案情，却谁也不明白。

他在囚系中，我见过两次他写给同乡的信，第一回是这样的——

“我与三十五位同犯（七个女的）于昨日到龙华。并于昨夜上了镣，开政治犯从未上镣之纪录。此案累及太大，我一时恐难出狱，书店事望兄为我代办之。现亦好，且跟殷夫兄学德文，此事可告周先生；望周先生勿念，我等未受刑。捕房和公安局，几次问周先生地址，但我那里知道。诸望勿念。祝好！

赵少雄　一月二十四日。”

以上正面。

“洋铁饭碗，要二三只
如不能见面，可将东西
望转交赵少雄”

以上背面。

他的心情并未改变，想学德文，更加努力；也仍在记念我，像在马路上行走时候一般。但他信里有些话是错误的，政治犯而上镣，并非从他们开始，但他向来看得官场还太高，以为文明至今，到他们才开始了严酷。其实是不然的。果然，第二封信就很不同，措词非常惨苦，且说冯女士的面目都浮肿了，可惜我没有抄下这封信。其时传说也更加纷繁，说他可以赎出的也有，说他已经解往南京的也有，毫无确信；而用函电来探问我的消息的也多起来，连母亲在北京也急得生病了，我只得一一发信去更正，这样的大约有二十天。

天气愈冷了，我不知道柔石在那里有被褥不？我们是有的。洋铁碗可曾收到了没有？……但忽然得到一个可靠的消息，说柔石和其他二十三人，已于二月七日夜或八日晨，在龙华警备司令部被枪毙了，他的身上中了十弹。

原来如此！……

在一个深夜里，我站在客栈的院子中，周围是堆着的破烂的什物；人们都睡觉了，连我的女人和孩子。我沉重的感到我失掉了很好的朋友，中国失掉了很好的青年，我在悲愤中沉静下去了，然而积习却从沉静中抬起头来，凑成了这样的几句：

惯于长夜过春时，挈妇将雏鬓有丝。
梦里依稀慈母泪，城头变幻大王旗。
忍看朋辈成新鬼，怒向刀丛觅小诗。
吟罢低眉无写处，月光如水照缁衣。

但末二句，后来不确了，我终于将这写给了一个日本的歌人。

可是在中国，那时是确无写处的，禁锢得比罐头还严密。我记得柔石在年底曾回故乡，住了好些时，到上海后很受朋友的责备。他悲愤的对我说，他的母亲双眼已经失明了，要他多住几天，他怎么能够就走呢？我知道这失明的母亲的眷眷的心，柔石的拳拳的心。当《北斗》创刊时，我就想写一点关于柔石的文章，然而不能够，只得选了一幅珂勒惠支（KäHthe Kollwitz）夫人的木刻，名曰《牺牲》，是一个母亲悲哀地献出她的儿子去的，算是只有我一个人心里知道的柔石的记念。

同时被难的四个青年文学家之中，李伟森我没有会见过，胡也频在上海也只见过一次面，谈了几句天。较熟的要算白莽，即殷夫了，他曾经和我通过信，投过稿，但现在寻起来，一无所得，想必是十七那夜统统烧掉了，那时我还没有知道被捕的也有白莽。然而那本《彼得斐诗集》却在的，翻了一遍，也没有什么，只在一首《Wahlspruch》（格言）的旁边，有钢笔写的四行译文道：

“生命诚宝贵，
爱情价更高；
若为自由故，
二者皆可抛！”

又在第二叶上，写着“徐培根”三个字，我疑心这是他的真姓名。

五

前年的今日，我避在客栈里，他们却是走向刑场了；去年的今日，我在炮声中逃在英租界，他们则早已埋在不知那里的地下了；今年的今日，我才坐在旧寓里，人们都睡觉了，连我的女人和孩子。我又沉重的感到我失掉了很好的朋友，中国失掉了很好的青年，我在悲愤中沉静下去了，不料积习又从沉静中抬起头来，写下了以上那些字。

要写下去，在中国的现在，还是没有写处的。年青时读向子期《思旧赋》，很怪他为什么只有寥寥的几行，刚开头却又煞了尾。然而，现在我懂得了。

不是年青的为年老的写记念，而在这三十年中，却使我目睹许多青年的血，层层淤积起来，将我埋得不能呼吸，我只能用这样的笔墨，写几句文章，算是从泥土中挖一个小孔，自己延口残喘，这是怎样的世界呢。夜正长，路也正长，我不如忘却，不说的好罢。但我知道，即使不是我，将来总会有记起他们，再说他们的时候的。……

二月七—八日

我怎么做起小说来?

我怎么做起小说来?——这来由，已经在《呐喊》的序文上，约略说过了。这里还应该补叙一点的，是当我留心文学的时候，情形和现在很不同：在中国，小说不算文学，做小说的也决不能称为文学家，所以并没有人想在这一条道路上出世。我也并没有要将小说抬进“文苑”里的意思，不过想利用他的力量，来改良社会。

但也不是自己想创作，注重的倒是在绍介，在翻译，而尤其注重于短篇，特别是被压迫的民族中的作者的作品。因为那时正盛行着排满论，有些青年，都引那叫喊和反抗的作者为同调的。所以“小说作法”之类，我一部都没有看过，看短篇小说却不少，小半是自己也爱看，大半则因了搜寻绍介的材料。也看文学史和批评，这是因为想知道作者的为人和思想，以便决定应否绍介给中国。和学问之类，是绝不相干的。

因为所求的作品是叫喊和反抗，势必至于倾向了东欧，因此所看的俄国，波兰以及巴尔干诸小国作家的东西就特别多。

也曾热心的搜求印度，埃及的作品，但是得不到。记得当时最爱看的作者，是俄国的果戈理（N. Gogol）和波兰的显克微支（H. Sienkiewitz）。日本的，是夏目漱石和森鸥外。

回国以后，就办学校，再没有看小说的工夫了，这样的有五六年。为什么又开手了呢？——这也已经写在《呐喊》的序文里，不必说了。但我的来做小说，也并非自以为有做小说的才能，只因为那时是住在北京的会馆里的，要做论文罢，没有参考书，要翻译罢，没有底本，就只好做一点小说模样的东西塞责，这就是《狂人日记》。大约所仰仗的全在先前看过的百来篇外国作品和一点医学上的知识，此外的准备，一点也没有。

但是《新青年》的编辑者，却一回一回的来催，催几回，我就做一篇，这里我必得记念陈独秀先生，他是催促我做小说最着力的一个。

自然，做起小说来，总不免自已有些主见的。例如，说到"为什么"做小说罢，我仍抱着十多年前的"启蒙主义"，以为必须是"为人生"，而且要改良这人生。我深恶先前的称小说为"闲书"，而且将"为艺术的艺术"，看作不过是"消闲"的新式的别号。所以我的取材，多采自病态社会的不幸的人们中，意思是在揭出病苦，引起疗救的注意。所以我力避行文的唠叨，只要觉得够将意思传给别人了，就宁可什么陪衬拖带也没有。中国旧戏上，没有背景，新年卖给孩子看的花纸上，只有主要的几个人（但现在的花纸却多有背景了），我深信对于我的目的，这方法是适宜的，所以我不去描写风月，对话也决不说到一大篇。

我做完之后，总要看两遍，自己觉得拗口的，就增删几个字，一定要它读得顺口；没有相宜的白话，宁可引古语，希望总有人会懂，只有自己懂得或连自己也不懂的生造出来的字句，是不大用的。这一节，许多批评家之中，只有一个人看出来了，但他称我为 Stylist。

所写的事迹，大抵有一点见过或听到过的缘由，但决不全用这事实，只是采取一端，加以改造，或生发开去，到足以几乎完全发表我的意思为止。人物的模特儿也一样，没有专用过一个人，往往嘴在浙江，脸在北京，衣服在山西，是一个拼凑起来的脚色。有人说，我的那一篇是骂谁，某一篇又是骂谁，那是完全胡说的。

不过这样的写法，有一种困难，就是令人难以放下笔。一气写下去，这人物就逐渐活动起来，尽了他的任务。但倘有什么分心的事情来一打岔，放下许久之后再来写，性格也许就变了样，情景也会和先前所豫想的不同起来。例如我做的《不周山》，原意是在描写性的发动和创造，以至衰亡的，而中途去看报章，见了一位道学的批评家攻击情诗的文章，心里很不以为然，于是小说里就有一个小人物跑到女娲的两腿之间来，不但不必有，且将结构的宏大毁坏了。但这些处所，除了自己，大概没有人会觉到的，我们的批评大家成仿吾先生，还说这一篇做得最出色。

我想，如果专用一个人做骨干，就可以没有这弊病的，但自己没有试验过。

忘记是谁说的了，总之是，要极省俭的画出一个人的特点，最好是画他的眼睛。我以为这话是极对的，倘若画了全副的头发，即使细得逼真，也毫无意思。我常在学学这一种方法，可惜学不好。

可省的处所，我决不硬添，做不出的时候，我也决不硬做，但这是因为我那时别有收入，不靠卖文为活的缘故，不能作为通例的。

还有一层，是我每当写作，一律抹杀各种的批评。因为那时中国的创作界固然幼稚，批评界更幼稚，不是举之上天，就是按之入地，倘将这些放在眼里，就要自命不凡，或觉得非自杀不足以谢天下的。批评必须坏处说坏，好处说好，才于作者有益。

但我常看外国的批评文章，因为他于我没有恩怨嫉恨，虽然所评的是别人的作品，却很有可以借镜之处。但自然，我也同时一定留心这批评家的派别。

以上，是十年前的事了，此后并无所作，也没有长进，编辑先生要我做一点这类的文章，怎么能呢。拉杂写来，不过如此而已。

三月五日灯下

关于女人

国难期间，似乎女人也特别受难些。一些正人君子责备女人爱奢侈，不肯光顾国货。就是跳舞，肉感等等，凡是和女性有关的，都成了罪状。仿佛男人都做了苦行和尚，女人都进了修道院，国难就会得救似的。

其实那不是女人的罪状，正是她的可怜。这社会制度把她挤成了各种各式的奴隶，还要把种种罪名加在她头上。西汉末年，女人的“堕马髻”，“愁眉啼妆”，也说是亡国之兆。其实亡汉的何尝是女人！不过，只要看有人出来唉声叹气的不满意女人的妆束，我们就知道当时统治阶级的情形，大概有些不妙了。

奢侈和淫靡只是一种社会崩溃腐化的现象，决不是原因。私有制度的社会，本来把女人也当做私产，当做商品。一切国家，一切宗教都有许多稀奇古怪的规条，把女人看做一种不吉利的动物，威吓她，使她奴隶般的服从；同时又要她做高等阶级的玩具。正像现在的正人君子，他们骂女人奢侈，板起面孔维持风化，而同时正在偷偷地欣赏着肉感的大腿文化。

阿剌伯的一个古诗人说："地上的天堂是在圣贤的经书上，马背上，女人的胸脯上。"这句话倒是老实的供状。

自然，各种各式的卖淫总有女人的份。然而买卖是双方的。没有买淫的嫖男，那里会有卖淫的娼女。所以问题还在买淫的社会根源。这根源存在一天，也就是主动的买者存在一天，那所谓女人的淫靡和奢侈就一天不会消灭。男人是私有主的时候，女人自身也不过是男人的所有品。也许是因此罢，她的爱惜家财的心或者比较的差些，她往往成了"败家精"。何况现在买淫的机会那么多，家庭里的女人直觉地感觉到自己地位的危险。民国初年我就听说，上海的时髦是从长三幺二传到姨太太之流，从姨太太之流再传到太太奶奶小姐。这些"人家人"，多数是不自觉地在和娼妓竞争，——自然，她们就要竭力修饰自己的身体，修饰到拉得住男子的心的一切。这修饰的代价是很贵的，而且一天一天的贵起来，不但是物质上的，而且还有精神上的。

美国一个百万富翁说："我们不怕共匪（原文无匪字，谨遵功令改译），我们的妻女就要使我们破产，等不及工人来没收。"中国也许是惟恐工人"来得及"，所以高等华人的男女这样赶紧的浪费着，享用着，畅快着，那里还管得到国货不国货，风化不风化。然而口头上是必须维持风化，提倡节俭的。

四月十一日

谈金圣叹

讲起清朝的文字狱来，也有人拉上金圣叹，其实是很不合适的。他的“哭庙”，用近事来比例，和前年《新月》上的引据三民主义以自辩，并无不同，但不特捞不到教授而且至于杀头，则是因为他早被官绅们认为坏货了的缘故。就事论事，倒是冤枉的。

清中叶以后的他的名声，也有些冤枉。他抬起小说传奇来，和《左传》《杜诗》并列，实不过拾了袁宏道辈的唾余；而且经他一批，原作的诚实之处，往往化为笑谈，布局行文，也都被硬拖到八股的作法上。这余荫，就使有一批人，堕入了对于《红楼梦》之类，总在寻求伏线，挑剔破绽的泥塘。

自称得到古本，乱改《西厢》字句的案子且不说罢，单是截去《水浒》的后小半，梦想有一个“嵇叔夜”来杀尽宋江们，也就昏庸得可以。虽说因为痛恨流寇的缘故，但他是究竟近于官绅的，他到底想不到小百姓的对于流寇，只痛恨着一半：不在于“寇”，而在于“流”。

百姓固然怕流寇，也很怕“流官”。记得民元革命以后，我在故乡，不知怎地县知事常常掉换了。每一掉换，农民们便愁苦着相告道：“怎么好呢？又换了一只空肚鸭来了！”他们虽然至今不知道“欲壑难填”的古训，却很明白“成则为王，败则为贼”的成语，贼者，流着之王，王者，不流之贼也，要说得简单一点，那就是“坐寇”。中国百姓一向自称“蚁民”，现在为便于譬喻起见，姑升为牛罢，铁骑一过，茹毛饮血，蹄骨狼藉，倘可避免，他们自然是总想避免的，但如果肯放任他们自啮野草，苟延残喘，挤出乳来将这些“坐寇”喂得饱饱的，后来能够比较的不复狼吞虎咽，则他们就以为如天之福。所区别的只在“流”与“坐”，却并不在“寇”与“王”。试翻明末的野史，就知道北京民心的不安，在李自成入京的时候，是不及他出京之际的利害的。

宋江据有山寨，虽打家劫舍，而劫富济贫，金圣叹却道应该在童贯高俅辈的爪牙之前，一个个俯首受缚，他们想不懂。所以《水浒传》纵然成了断尾巴蜻蜓，乡下人却还要看《武松独手擒方腊》这些戏。

不过这还是先前的事，现在似乎又有了新的经验了。听说四川有一只民谣，大略是“贼来如梳，兵来如篦，官来如剃”的意思。汽车飞艇，价值既远过于大轿马车，租界和外国银行，也是海通以来新添的物事，不但剃尽毛发，就是刮尽筋肉，也永远填不满的。正无怪小百姓将“坐寇”之可怕，放在“流寇”之上了。

事实既然教给了这些，仅存的路，就当然使他们想到了自己的力量。

一九三三年五月三十一日

谚　语

粗略的一想，谚语固然好像一时代一国民的意思的结晶，但其实，却不过是一部分的人们的意思。现在就以“各人自扫门前雪，莫管他家瓦上霜”来做例子罢，这乃是被压迫者们的格言，教人要奉公，纳税，输捐，安分，不可怠慢，不可不平，尤其是不要管闲事；而压迫者是不算在内的。

专制者的反面就是奴才，有权时无所不为，失势时即奴性十足。孙皓是特等的暴君，但降晋之后，简直像一个帮闲；宋徽宗在位时，不可一世，而被掳后偏会含垢忍辱。做主子时以一切别人为奴才，则有了主子，一定以奴才自命：这是天经地义，无可动摇的。

所以被压制时，信奉着“各人自扫门前雪，莫管他家瓦上霜”的格言的人物，一旦得势，足以凌人的时候，他的行为就截然不同，变为“各人不扫门前雪，却管他家瓦上霜”了。

二十年来，我们常常看见：武将原是练兵打仗的，且不问他这兵是用以安内或攘外，总之他的“门前雪”是治军，然而他偏来干涉教育，主持道德；教育家原是办学的，无论他成绩如何，总之他的“门前雪”是学务，然而他偏去膜拜“活佛”，绍介国医。小百姓随军充伕，童子军沿门募款。头儿胡行于上，蚁民乱碰于下，结果是各人的门前都不成样，各家的瓦上也一团糟。

女人露出了臂膊和小腿，好像竟打动了贤人们的心，我记得曾有许多人絮絮叨叨，主张禁止过，后来也确有明文禁止了。不料到得今年，却又“衣服蔽体已足，何必前拖后曳，消耗布匹，……顾念时艰，后患何堪设想”起来，四川的营山县长于是就令公安局派队一一剪掉行人的长衣的下截。长衣原是累赘的东西，但以为不穿长衣，或剪去下截，即于“时艰”有补，却是一种特别的经济学。《汉书》上有一句云，“口含天宪”，此之谓也。

某一种人，一定只有这某一种人的思想和眼光，不能越出他本阶级之外。说起来，好像又在提倡什么犯讳的阶级了，然而事实是如此的。谣谚并非全国民的意思，就为了这缘故。古之秀才，自以为无所不晓，于是有“秀才不出门，而知天下事”这自负的漫天大谎，小百姓信以为真，也就渐渐的成了谚语，流行开来。其实是“秀才虽出门，不知天下事”的。秀才只有秀才头脑和秀才眼睛，对于天下事，那里看得分明，想得清楚。清末，因为想“维新”，常派些“人才”出洋去考察，我们现在看看他们的笔记罢，他们最以为奇的是什么馆里的蜡人能够和活人对面下棋。南海圣人康有为，佼佼者也，他周游十一国，一直到得巴尔干，这才悟出外国之所以常有“弑君”之故来了，曰：因为宫墙太矮的缘故。

一九三三年六月十三日

沙

近来的读书人，常常叹中国人好像一盘散沙，无法可想，将倒楣的责任，归之于大家。其实这是冤枉了大部分中国人的。小民虽然不学，见事也许不明，但知道关于本身利害时，何尝不会团结。先前有跪香，民变，造反；现在也还有请愿之类。他们的像沙，是被统治者“治”成功的，用文言来说，就是“治绩”。

那么，中国就没有沙么？有是有的，但并非小民，而是大小统治者。

人们又常常说：“升官发财。”其实这两件事是不并列的，其所以要升官，只因为要发财，升官不过是一种发财的门径。所以官僚虽然依靠朝廷，却并不忠于朝廷，吏役虽然依靠衙署，却并不爱护衙署，头领下一个清廉的命令，小喽罗是决不听的，对付的方法有“蒙蔽”。他们都是自私自利的沙，可以肥己时就肥己，而且每一粒都是皇帝，可以称尊处就称尊。有些人译俄皇为“沙皇”，移赠此辈，倒是极确切的尊号。财何从来？是从小民身上刮下来的。小民倘能团结，发财就烦难，那么，当然应该想尽方法，使他们变成散沙才好。以沙皇治小民，于是全中国就成为“一盘散沙”了。

然而沙漠以外，还有团结的人们在，他们“如入无人之境”的走进来了。

这就是沙漠上的大事变。当这时候，古人曾有两句极切贴的比喻，叫作“君子为猿鹤，小人为虫沙”。那些君子们，不是像白鹤的腾空，就如猢狲的上树，“树倒猢狲散”，另外还有树，他们决不会吃苦。剩在地下的，便是小民的蝼蚁和泥沙，要践踏杀戮都可以，他们对沙皇尚且不敌，怎能敌得过沙皇的胜者呢？

然而当这时候，偏又有人摇笔鼓舌，向着小民提出严重的质问道：“国民将何以自处”呢，“问国民将何以善其后”呢？忽然记得了“国民”，别的什么都不说，只又要他们来填亏空，不是等于向着缚了手脚的人，要求他去捕盗么？

但这正是沙皇治绩的后盾，是猿鸣鹤唳的尾声，称尊肥己之余，必然到来的末一着。

一九三三年七月十二日

上海的少女

在上海生活，穿时髦衣服的比土气的便宜。如果一身旧衣服，公共电车的车掌会不照你的话停车，公园看守会格外认真的检查入门券，大宅子或大客寓的门丁会不许你走正门。所以，有些人宁可居斗室，喂臭虫，一条洋服裤子却每晚必须压在枕头下，使两面裤腿上的折痕天天有棱角。

然而更便宜的是时髦的女人。这在商店里最看得出：挑选不完，决断不下，店员也还是很能忍耐的。不过时间太长，就须有一种必要的条件，是带着一点风骚，能受几句调笑。否则，也会终于引出普通的白眼来。

惯在上海生活了的女性，早已分明地自觉着这种自己所具的光荣，同时也明白着这种光荣中所含的危险。所以凡有时髦女子所表现的神气，是在招摇，也在固守，在罗致，也在抵御，像一切异性的亲人，也像一切异性的敌人，她在喜欢，也正在恼怒。这神气也传染了未成年的少女，我们有时会看见她们在店铺里购买东西，侧着头，佯嗔薄怒，如临大敌。自然，店员们是能像对于成年的女性一样，加以调笑的，而她也早明白着这调笑的意义。总之：她们大抵早熟了。

然而我们在日报上，确也常常看见诱拐女孩，甚而至于凌辱少女的新闻。

不但是《西游记》里的魔王，吃人的时候必须童男和童女而已，在人类中的富户豪家，也一向以童女为侍奉，纵欲，鸣高，寻仙，采补的材料，恰如食品的餍足了普通的肥甘，就想乳猪芽茶一样。现在这现象并且已经见于商人和工人里面了，但这乃是人们的生活不能顺遂的结果，应该以饥民的掘食草根树皮为比例，和富户豪家的纵恣的变态是不可同日而语的。

但是，要而言之，中国是连少女也进了险境了。

这险境，更使她们早熟起来，精神已是成人，肢体却还是孩子。俄国的作家梭罗古勃曾经写过这一种类型的少女，说是还是小孩子，而眼睛却已经长大了。然而我们中国的作家是另有一种称赞的写法的：所谓“娇小玲珑”者就是。

一九三三年八月十二日

上海的儿童

上海越界筑路的北四川路一带，因为打仗，去年冷落了大半年，今年依然热闹了，店铺从法租界搬回，电影院早经开始，公园左近也常见携手同行的爱侣，这是去年夏天所没有的。

倘若走进住家的弄堂里去，就看见便溺器，吃食担，苍蝇成群的在飞，孩子成队的在闹，有剧烈的捣乱，有发达的骂詈，真是一个乱烘烘的小世界。但一到大路上，映进眼帘来的却只是轩昂活泼地玩着走着的外国孩子，中国的儿童几乎看不见了。但也并非没有，只因为衣裤郎当，精神萎靡，被别人压得像影子一样，不能醒目了。

中国中流的家庭，教孩子大抵只有两种法。其一，是任其跋扈，一点也不管，骂人固可，打人亦无不可，在门内或门前是暴主，是霸王，但到外面，便如失了网的蜘蛛一般，立刻毫无能力。其二，是终日给以冷遇或呵斥，甚而至于打扑，使他畏葸退缩，仿佛一个奴才，一个傀儡，然而父母却美其名曰“听话”，自以为是教育的成功，待到放他到外面来，则如暂出樊笼的小禽，他决不会飞鸣，也不会跳跃。

现在总算中国也有印给儿童看的画本了，其中的主角自然是儿童，然而画中人物，大抵倘不是带着横暴冥顽的气味，甚而至于流氓模样的，过度的恶作剧的顽童，就是钩头耸背，低眉顺眼，一副死板板的脸相的所谓“好孩子”。这虽然由于画家本领的欠缺，但也是取儿童为范本的，而从此又以作供给儿童仿效的范本。我们试一看别国的儿童画罢，英国沉着，德国粗豪，俄国雄厚，法国漂亮，日本聪明，都没有一点中国似的衰惫的气象。观民风是不但可以由诗文，也可以由图画，而且可以由不为人们所重的儿童画的。

顽劣，钝滞，都足以使人没落，灭亡。童年的情形，便是将来的命运。我们的新人物，讲恋爱，讲小家庭，讲自立，讲享乐了，但很少有人为儿女提出家庭教育的问题，学校教育的问题，社会改革的问题。先前的人，只知道“为儿孙作马牛”，固然是错误的，但只顾现在，不想将来，“任儿孙作马牛”，却不能不说是一个更大的错误。

一九三三年八月十二日

世故三昧

人世间真是难处的地方，说一个人“不通世故”，固然不是好话，但说他“深于世故”也不是好话。“世故”似乎也像“革命之不可不革，而亦不可太革”一样，不可不通，而亦不可太通的。

然而据我的经验，得到“深于世故”的恶谥者，却还是因为“不通世故”的缘故。

现在我假设以这样的话，来劝导青年人——

“如果你遇见社会上有不平事，万不可挺身而出，讲公道话，否则，事情倒会移到你头上来，甚至于会被指作反动分子的。如果你遇见有人被冤枉，被诬陷的，即使明知道他是好人，也万不可挺身而出，去给他解释或分辩，否则，你就会被人说是他的亲戚，或得了他的贿赂；倘使那是女人，就要被疑为她的情人的；如果他较有名，那便是党羽。例如我自己罢，给一个毫不相干的女士做了一篇信札集的序，人们就说她是我的小姨；绍介一点科学的文艺理论，人们就说得了苏联的卢布。亲戚和金钱，在目下的中国，关系也真是大，事实给与了教训，人们看惯了，以为人人都脱不了这关系，原也无足深怪的。

“然而，有些人其实也并不真相信，只是说着玩玩，有趣有趣的。即使有人为了谣言，弄得凌迟碎剐，像明末的郑鄤那样了，和自己也并不相干，总不如有趣的紧要。这时你如果去辨正，那就是使大家扫兴，结果还是你自己倒楣。我也有一个经验，那是十多年前，我在教育部里做‘官僚’，常听得同事说，某女学校的学生，是可以叫出来嫖的，连机关的地址门牌，也说得明明白白。有一回我偶然走过这条街，一个人对于坏事情，是记性好一点的，我记起来了，便留心着那门牌，但这一号，却是一块小空地，有一口大井，一间很破烂的小屋，是几个山东人住着卖水的地方，决计做不了别用。待到他们又在谈着这事的时候，我便说出我的所见来，而不料大家竟笑容尽敛，不欢而散了，此后不和我谈天者两三月。我事后才悟到打断了他们的兴致，是不应该的。

“所以，你最好是莫问是非曲直，一味附和着大家；但更好是不开口；而在更好之上的是连脸上也不显出心里的是非的模样来……”

这是处世法的精义，只要黄河不流到脚下，炸弹不落在身边，可以保管一世没有挫折的。但我恐怕青年人未必以我的话为然；便是中年，老年人，也许要以为我是在教坏了他们的子弟。呜呼，那么，一片苦心，竟是白费了。

然而倘说中国现在正如唐虞盛世，却又未免是“世故”之谈。耳闻目睹的不算，单是看看报章，也就可以知道社会上有多少不平，人们有多少冤抑。但对于这些事，除了有时或有同业，同乡，同族的人们来说几句呼吁的话之外，利害无关的人的义愤的声音，我们是很少听到的。这很分明，是大家不开口；或者以为和自己不相干；或者连“以为和自己不相干”的意思也全没有。“世故”深到不自觉其“深于世故”，这才真是“深于世故”的了。这是中国处世法的精义中的精义。

而且，对于看了我的劝导青年人的话，心以为非的人物，我还有一下反攻在这里。他是以我为狡猾的。但是，我的话里，一面固然显示着我的狡猾，而且无能，但一面也显示着社会的黑暗。他单责个人，正是最稳妥的办法，倘使兼责社会，可就得站出去战斗了。责人的“深于世故”而避开了“世”不谈，这是更“深于世故”的玩艺，倘若自己不觉得，那就更深更深了，离三昧境盖不远矣。

不过凡事一说，即落言筌，不再能得三昧。说“世故三昧”者，即非“世故三昧”。三昧真谛，在行而不言；我现在一说“行而不言”，却又失了真谛，离三昧境盖益远矣。

一切善知识，心知其意可也，唵！

一九三三年十月十三日

谣言世家

双十佳节，有一位文学家大名汤增敭先生的，在《时事新报》上给我们讲光绪时候的杭州的故事。他说那时杭州杀掉许多驻防的旗人，辨别的方法，是因为旗人叫“九”为“钩”的，所以要他说“九百九十九”，一露马脚，刀就砍下去了。

这固然是颇武勇，也颇有趣的。但是，可惜是谣言。

中国人里，杭州人是比较的文弱的人。当钱大王治世的时候，人民被刮得衣裤全无，只用一片瓦掩着下部，然而还要追捐，除被打得麂一般叫之外，并无贰话。不过这出于宋人的笔记，是谣言也说不定的。但宋明的末代皇帝，带着没落的阔人，和暮气一同滔滔的逃到杭州来，却是事实，苟延残喘，要大家有刚决的气魄，难不难。到现在，西子湖边还多是摇摇摆摆的雅人；连流氓也少有浙东似的“白刀子进红刀子出”的打架。自然，倘有军阀做着后盾，那是也会格外的撒泼的，不过当时实在并无敢于杀人的风气，也没有乐于杀人的人们。我们只要看举了老成持重的汤蛰仙先生做都督，就可以知道是不会流血的了。

不过战事是有的。革命军围住旗营，开枪打进去，里面也有时打出来。然而围得并不紧，我有一个熟人，白天在外面逛，晚上却自进旗营睡觉去了。

虽然如此，驻防军也终于被击溃，旗人降服了，房屋被充公是有的，却并没有杀戮。口粮当然取消，各人自寻生计，开初倒还好，后来就遭灾。

怎么会遭灾的呢？就是发生了谣言。

杭州的旗人一向优游于西子湖边，秀气所钟，是聪明的，他们知道没有了粮，只好做生意，于是卖糕的也有，卖小菜的也有。杭州人是客气的，并不歧视，生意也还不坏。然而祖传的谣言起来了，说是旗人所卖的东西，里面都藏着毒药。这一下子就使汉人避之惟恐不远，但倒是怕旗人来毒自己，并不是自己想去害旗人。结果是他们所卖的糕饼小菜，毫无生意，只得在路边出卖那些不能下毒的家具。家具一完，途穷路绝，就一败涂地了。这是杭州驻防旗人的收场。

笑里可以有刀，自称酷爱和平的人民，也会有杀人不见血的武器，那就是造谣言。但一面害人，一面也害己，弄得彼此懵懵懂懂。古时候无须提起了，即在近五十年来，甲午战败，就说是李鸿章害的，因为他儿子是日本的驸马，骂了他小半世；庚子拳变，又说洋鬼子是挖眼睛的，因为造药水，就乱杀了一大通。下毒学说起于辛亥光复之际的杭州，而复活于近来排日的时候。我还记得每有一回谣言，就总有谁被诬为下毒的奸细，给谁平白打死了。

谣言世家的子弟，是以谣言杀人，也以谣言被杀的。

至于用数目来辨别汉满之法，我在杭州倒听说是出于湖北的荆州的，就是要他们数一二三四，数到“六”字，读作上声，便杀却。但杭州离荆州太远了，这还是一种谣言也难说。

我有时也不大能够分清那句是谣言，那句是真话了。

一九三三年十月十三日

关于妇女解放

孔子曰："唯女子与小人为难养也，近之则不逊，远之则怨。"女子与小人归在一类里，但不知道是否也包括了他的母亲。后来的道学先生们，对于母亲，表面上总算是敬重的了，然而虽然如此，中国的为母的女性，还受着自己儿子以外的一切男性的轻蔑。

辛亥革命后，为了参政权，有名的沈佩贞女士曾经一脚踢倒过议院门口的守卫。不过我很疑心那是他自己跌倒的，假使我们男人去踢罢，他一定会还踢你几脚。这是做女子便宜的地方。还有，现在有些太太们，可以和阔男人并肩而立，在码头或会场上照一个照相；或者当汽船飞机开始行动之前，到前面去敲碎一个酒瓶（这或者非小姐不可也说不定，我不知道那详细）了，也还是做女子的便宜的地方。此外，又新有了各样的职业，除女工，为的是她们工钱低，又听话，因此为厂主所乐用的不算外，别的就大抵只因为是女子，所以一面虽然被称为"花瓶"，一面也常有"一切招待，全用女子"的光荣的广告。

男子倘要这么突然的飞黄腾达，单靠原来的男性是不行的，他至少非变狗不可。

这是五四运动后，提倡了妇女解放以来的成绩。不过我们还常常听到职业妇女的痛苦的呻吟，评论家的对于新式女子的讥笑。她们从闺阁走出，到了社会上，其实是又成为给大家开玩笑，发议论的新资料了。

这是因为她们虽然到了社会上，还是靠着别人的“养”；要别人“养”，就得听人的唠叨，甚而至于侮辱。我们看看孔夫子的唠叨，就知道他是为了要“养”而“难”，“近之”“远之”都不十分妥帖的缘故。这也是现在的男子汉大丈夫的一般的叹息。也是女子的一般的苦痛。在没有消灭“养”和“被养”的界限以前，这叹息和苦痛是永远不会消灭的。

这并未改革的社会里，一切单独的新花样，都不过一块招牌，实际上和先前并无两样。拿一匹小鸟关在笼中，或给站在竿子上，地位好像改变了，其实还只是一样的在给别人做玩意，一饮一啄，都听命于别人。俗语说：“受人一饭，听人使唤”，就是这。所以一切女子，倘不得到和男子同等的经济权，我以为所有好名目，就都是空话。自然，在生理和心理上，男女是有差别的；即在同性中，彼此也都不免有些差别，然而地位却应该同等。必须地位同等之后，才会有真的女人和男人，才会消失了叹息和苦痛。

在真的解放之前，是战斗。但我并非说，女人应该和男人一样的拿枪，或者只给自己的孩子吸一只奶，而使男子去负担那一半。我只以为应该不自苟安于目前暂时的位置，而不断的为解放思想，经济等等而战斗。解放了社会，也就解放了自己。但自然，单为了现存的惟妇女所独有的桎梏而斗争，也还是必要的。

我没有研究过妇女问题，倘使必须我说几句，就只有这一点空话。

十月二十一日

火

普洛美修斯偷火给人类，总算是犯了天条，贬入地狱。但是，钻木取火的燧人氏却似乎没有犯窃盗罪，没有破坏神圣的私有财产——那时候，树木还是无主的公物。然而燧人氏也被忘却了，到如今只见中国人供火神菩萨，不见供燧人氏的。

火神菩萨只管放火，不管点灯。凡是火着就有他的份。因此，大家把他供养起来，希望他少作恶。然而如果他不作恶，他还受得着供养么，你想？

点灯太平凡了。从古至今，没有听到过点灯出名的名人，虽然人类从燧人氏那里学会了点火已经有五六千年的时间。放火就不然。秦始皇放了一把火——烧了书没有烧人；项羽入关又放了一把火——烧的是阿房宫不是民房（？——待考）。……罗马的一个什么皇帝却放火烧百姓了；中世纪正教的僧侣就会把异教徒当柴火烧，间或还灌上油。这些都是一世之雄。现代的希特拉就是活证人。如何能不供养起来。何况现今是进化时代，火神菩萨也代代跨灶的。

譬如说罢，没有电灯的地方，小百姓不顾什么国货年，人人都要买点洋货的煤油，晚上就点起来：那么幽黯的黄澄澄的光线映在纸窗上，多不大方！不准，不准这么点灯！你们如果要光明的话，非得禁止这样“浪费”煤油不可。煤油应当扛到田地里去，灌进喷筒，呼啦呼啦的喷起来……一场大火，几十里路的延烧过去，稻禾，树木，房舍——尤其是草棚——一会儿都变成飞灰了。还不够，就有燃烧弹，硫磺弹，从飞机上面扔下来，像上海一二八的大火似的，够烧几天几晚。那才是伟大的光明呵。

火神菩萨的威风是这样的。可是说起来，他又不承认：火神菩萨据说原是保佑小民的，至于火灾，却要怪小民自不小心，或是为非作歹，纵火抢掠。

谁知道呢？历代放火的名人总是这样说，却未必总有人信。

我们只看见点灯是平凡的，放火是雄壮的，所以点灯就被禁止，放火就受供养。你不见海京伯马戏团么：宰了耕牛喂老虎，原是这年头的“时代精神”。

十一月二日

论翻印木刻

麦绥莱勒的连环图画四种出版并不久，日报上已有了种种的批评，这是向来的美术书出版后未能遇到的盛况，可见读书界对于这书，是十分注意的。但议论的要点，和去年已不同：去年还是连环图画是否可算美术的问题，现在却已经到了看懂这些图画的难易了。

出版界的进行可没有评论界的快。其实，麦绥莱勒的木刻的翻印，是还在证阴连环图画确可以成为艺术这一点的。现在的社会上，有种种读者层，出版物自然也就有种种，这四种是供给智识者层的图画。然而为什么有许多地方很难懂得呢？我以为是由于经历之不同。同是中国人，倘使曾经见过飞机救国或“下蛋”，则在图上看见这东西，即刻就懂，但若历来未尝躬逢这些盛典的人，恐怕只能看作风筝或蜻蜓罢了。

有一种自称“中国文艺年鉴社”，而实是匿名者们所编的《中国文艺年鉴》在它的所谓“鸟瞰”中，曾经说我所发表的《连环图画辩护》虽将连环图画的艺术价值告诉了苏汶先生，但

“无意中却把要是德国板画那类艺术作品搬到中国来，是否能为一般大众所理解，即是否还成其为大众艺术的问题忽略了过去，而且这种解答是对大众化的正题没有直接意义的”。这真是倘不是能编《中国文艺年鉴》的选家，就不至于说出口来的聪明话，因为我本也“不”在讨论将“德国板画搬到中国来，是否为一般大众所理解”；所辩护的只是连环图画可以成为艺术，使青年艺术学徒不被曲说所迷，敢于创作，并且逐渐产生大众化的作品而已。假使我真如那编者所希望，“有意的”来说德国板画是否就是中国的大众艺术，这可至少也得归入“低能”一类里去了。

但是，假使一定要问：“要是德国板画那类艺术作品搬到中国来，是否能为一般大众所理解”呢？那么，我也可以回答：假使不是立方派，未来派等等的古怪作品，大概该能够理解一点。所理解的可以比看一本《中国文艺年鉴》多，也不至于比看一本《西湖十景》少。风俗习惯，彼此不同，有些当然是莫明其妙的，但这是人物，这是屋宇，这是树木，却能够懂得，到过上海的，也就懂得画里的电灯，电车，工厂。尤其合式的是所画的是故事，易于讲通，易于记得。古之雅人，曾谓妇人俗子，看画必问这是什么故事，大可笑。中国的雅俗之分就在此：雅人往往说不出他以为好的画的内容来，俗人却非问内容不可。从这一点看，连环图画是宜于俗人的，但我在《连环图画辩护》中，已经证明了它是艺术，伤害了雅人的高超了。

然而，虽然只对于智识者，我以为绍介了麦绥莱勒的作品也还是不够的。同是木刻，也有刻法之不同，有思想之不同，有加字的，有无字的，总得翻印好几种，才可以窥见现代外国连环图画的大概。而翻印木刻画，也较易近真，有益于观者。我常常想，最不幸的是在中国的青年艺术学徒了，学外国文学可看原书，学西洋画却总看不到原画。自然，翻板是有的，但是，将一大幅壁画缩成明信片那么大，怎能看出真相？大小是很有关系的，假使我们将象缩小如猪，老虎缩小如鼠，怎么还会令人觉得原先那种气魄呢。木刻却小品居多，所以翻刻起来，还不至于大相远。

但这还仅就绍介给一般智识者的读者层而言，倘为艺术学徒设想，锌板的翻印也还不够。太细的线，锌板上是容易消失的，即使是粗线，也能因强水浸蚀的久暂而不同，少浸太粗，久浸就太细，中国还很少制板适得其宜的名工。要认真，就只好来用玻璃板，我翻印的《士敏土之图》二百五十本，在中国便是首先的试验。施蛰存先生在《大晚报》附刊的《火炬》上说："说不定他是像鲁迅先生印珂罗版本木刻图一样的是私人精印本，属于罕见书之列"，就是在讥笑这一件事。我还亲自听到过一位青年在这"罕见书"边说，写着只印二百五十部，是骗人的，一定印的很多，印多报少，不过想抬高那书价。

他们自己没有做过"私人精印本"的可笑事，这些笑骂是都无足怪的。我只因为想供给艺术学徒以较可靠的木刻翻本，就用原画来制玻璃版，但制这版，是每制一回只能印三百幅的，多印即须另制，假如每制一幅则只印一张或多至三百张，制印费都是三元，印三百以上到六百张即需六元，九百张九元，外加纸张费。倘在大书局，大官厅，即使印一万二千本原也容易办，然而我不过一个“私人”；并非繁销书，而竟来“精印”，那当然不免为财力所限，只好单印一板了。但幸而还好，印本已经将完，可知还有人看见；至于为一般的读者，则早已用锌板复制，插在译本《士敏土》里面了，然而编辑兼批评家却不屑道。

人不严肃起来，连指导青年也可以当作开玩笑，但仅印十来幅图，认真地想过几回的人却也有的，不过自己不多说。我这回写了出来，是在向青年艺术学徒说明珂罗板一板只印三百部，是制板上普通的事，并非故意要造“罕见书”，并且希望有更多好事的“私人”，不为不负责任的话所欺，大家都来制造“精印本”。

十一月六日

家庭为中国之基本

中国的自己能酿酒，比自己来种鸦片早，但我们现在只听说许多人躺着吞云吐雾，却很少见有人像外国水兵似的满街发酒疯。唐宋的蹋球，久已失传，一般的娱乐是躲在家里彻夜叉麻雀。从这两点看起来，我们在从露天下渐渐的躲进家里去，是无疑的。古之上海文人，已尝慨乎言之，曾出一联，索人属对，道："三鸟害人鸦雀鸽"，"鸽"是彩票，雅号奖券，那时却称为"白鸽票"的。但我不知道后来有人对出了没有。

不过我们也并非满足于现状，是身处斗室之中，神驰宇宙之外，抽鸦片者享乐着幻境，叉麻雀者心仪于好牌。檐下放起爆竹，是在将月亮从天狗嘴里救出；剑仙坐在书斋里，哼的一声，一道白光，千万里外的敌人可被杀掉了，不过飞剑还是回家，钻进原先的鼻孔去，因为下次还要用。这叫做千变万化，不离其宗。所以学校是从家庭里拉出子弟来，教成社会人才的地方，而一闹到不可开交的时候，还是"交家长严加管束"云。

"骨肉归于土，命也；若夫魂气，则无不之也，无不之也!"

一个人变了鬼，该可以随便一点了罢，而活人仍要烧一所纸房子，请他住进去，阔气的还有打牌桌，鸦片盘。成仙，这变化是很大的，但是刘太太偏舍不得老家，定要运动到“拔宅飞升”，连鸡犬都带了上去而后已，好依然的管家务，饲狗，喂鸡。

我们的古今人，对于现状，实在也愿意有变化，承认其变化的。变鬼无法，成仙更佳，然而对于老家，却总是死也不肯放。我想，火药只做爆竹，指南针只看坟山，恐怕那原因就在此。

现在是火药蜕化为轰炸弹，烧夷弹，装在飞机上面了，我们却只能坐在家里等他落下来。自然，坐飞机的人是颇有了的，但他那里是远征呢，他为的是可以快点回到家里去。

家是我们的生处，也是我们的死所。

十二月十六日

第三辑 《伪自由书》

前　记

这一本小书里的，是从本年一月底起至五月中旬为止的寄给《申报》上的《自由谈》的杂感。

我到上海以后，日报是看的，却从来没有投过稿，也没有想到过，并且也没有注意过日报的文艺栏，所以也不知道《申报》在什么时候开始有了《自由谈》，《自由谈》里是怎样的文字。大约是去年的年底罢，偶然遇见郁达夫先生，他告诉我说，《自由谈》的编辑新换了黎烈文先生了，但他才从法国回来，人地生疏，怕一时集不起稿子，要我去投几回稿。我就漫应之曰：那是可以的。

对于达夫先生的嘱咐，我是常常"漫应之曰：那是可以的"的。直白的说罢，我一向很回避创造社里的人物。这也不只因为历来特别的攻击我，甚而至于施行人身攻击的缘故，大半倒在他们的一副"创造"脸。虽然他们之中，后来有的化为隐士，有的化为富翁，有的化为实践的革命者，有的也化为奸细，而在"创造"这一面大纛之下的时候，却总是神气十足，好像连出汗打嚏，也全是“创造”似的。我和达夫先生见面得最早，脸上也看不出那么一种创造气，所以相遇之际，就随便谈谈；对于文学的意见，我们恐怕是不能一致的罢，然而所谈的大抵是空话。但这样的就熟识了，我有时要求他写一篇文章，他一定如约寄来，则他希望我做一点东西，我当然应该漫应曰可以。但应而至于“漫”，我已经懒散得多了。

但从此我就看看《自由谈》，不过仍然没有投稿。不久，听到了一个传闻，说《自由谈》的编辑者为了忙于事务，连他夫人的临蓐也不暇照管，送在医院里，她独自死掉了。几天之后，我偶然在《自由谈》里看见一篇文章，其中说的是每日使婴儿看看遗照，给他知道曾有这样一个孕育了他的母亲。我立刻省悟了这就是黎烈文先生的作品，拿起笔，想做一篇反对的文章，因为我向来的意见，是以为倘有慈母，或是幸福，然若生而失母，却也并非完全的不幸，他也许倒成为更加勇猛，更无挂碍的男儿的。但是也没有竟做，改为给《自由谈》的投稿了，这就是这本书里的第一篇《崇实》；又因为我旧日的笔名有时不能通用，便改题了“何家干”，有时也用“干”或“丁萌”。

这些短评，有的由于个人的感触，有的则出于时事的刺戟，但意思都极平常，说话也往往很晦涩，我知道《自由谈》并非同人杂志，“自由”更当然不过是一句反话，我决不想在这上面去驰骋的。我之所以投稿，一是为了朋友的交情，一则在给寂寞者以呐喊，也还是由于自己的老脾气。然而我的坏处，是在论时事不留面子，砭锢弊常取类型，而后者尤与时宜不合。盖写类型者，于坏处，恰如病理学上的图，假如是疮疽，则这图便是一切某疮某疽的标本，或和某甲的疮有些相象，或和某乙的疽有点相同。而见者不察，以为所画的只是他某甲的疮，无端侮辱，于是就必欲制你画者的死命了。例如我先前的论叭儿狗，原也泛无实指，都是自觉其有叭儿性的人们自来承认的。这要制死命的方法，是不论文章的是非，而先问作者是那一个；也就是别的不管，只要向作者施行人身攻击了。自然，其中也并不全是含愤的病人，有的倒是代打不平的侠客。总之，这种战术，是陈源教授的“鲁迅即教育部佥事周树人”开其端，事隔十年，大家早经忘却了，这回是王平陵先生告发于前，周木斋先生揭露于后，都是做着关于作者本身的文章，或则牵连而至于左翼文学者。此外为我所看见的还有好几篇，也都附在我的本文之后，以见上海有些所谓文学家的笔战，是怎样的东西，和我的短评本身，有什么关系。但另有几篇，是因为我的感想由此而起，特地并存以便读者的参考的。

我的投稿，平均每月八九篇，但到五月初，竟接连的不能发表了，我想，这是因为其时讳言时事而我的文字却常不免涉及时事的缘故。这禁止的是官方检查员，还是报馆总编辑呢，我不知道，也无须知道。现在便将那些都归在这一本里，其实是我所指摘，现在都已由事实来证明的了，我那时不过说得略早几天而已。是为序。

一九三三年七月十九夜，于上海寓庐，鲁迅记

观　斗

我们中国人总喜欢说自己爱和平，但其实，是爱斗争的，爱看别的东西斗争，也爱看自己们斗争。

最普通的是斗鸡，斗蟋蟀，南方有斗黄头鸟，斗画眉鸟，北方有斗鹌鹑，一群闲人们围着呆看，还因此赌输赢。古时候有斗鱼，现在变把戏的会使跳蚤打架。看今年的《东方杂志》，才知道金华又有斗牛，不过和西班牙却两样的，西班牙是人和牛斗，我们是使牛和牛斗。

任他们斗争着，自己不与斗，只是看。

军阀们只管自己斗争着，人民不与闻，只是看。

然而军阀们也不是自己亲身在斗争，是使兵士们相斗争，所以频年恶战，而头儿个个终于是好好的，忽而误会消释了，忽而杯酒言欢了，忽而共同御侮了，忽而立誓报国了，忽而……。不消说，忽而自然不免又打起来了。

然而人民一任他们玩把戏，只是看。

但我们的斗士，只有对于外敌却是两样的：近的，是“不抵抗”，远的，是“负弩前驱”云。

“不抵抗”在字面上已经说得明明白白。“负弩前驱”呢，弩机的制度早已失传了，必须待考古学家研究出来，制造起来，然后能够负，然后能够前驱。

还是留着国产的兵士和现买的军火，自己斗争下去罢。中国的人口多得很，暂时总有一些孑遗在看着的。但自然，倘要这样，则对于外敌，就一定非“爱和平”不可。

一九三三年一月二十四日

崇 实

事实常没有字面这么好看。

例如这《自由谈》，其实是不自由的，现在叫作《自由谈》，总算我们是这么自由地在这里谈着。

又例如这回北平的迁移古物和不准大学生逃难，发令的有道理，批评的也有道理，不过这都是些字面，并不是精髓。

倘说，因为古物古得很，有一无二，所以是宝贝，应该赶快搬走的罢。这诚然也说得通的。但我们也没有两个北平，而且那地方也比一切现存的古物还要古。禹是一条虫，那时的话我们且不谈罢，至于商、周时代，这地方却确是已经有了的。为什么倒撇下不管，单搬古物呢？说一句老实话，那就是并非因为古物的“古”，倒是为了它在失掉北平之后，还可以随身带着，随时卖出铜钱来。

大学生虽然是“中坚分子”，然而没有市价，假使欧美的市场上值到五百美金一名口，也一定会装了箱子，用专车和古物一同运出北平，在租界上外国银行的保险柜子里藏起来的。

但大学生却多而新，惜哉！

费话不如少说，只剥崔颢《黄鹤楼》诗以吊之，曰——

阔人已骑文化去，此地空余文化城。

文化一去不复返，古城千载冷清清。

专车队队前门站，晦气重重大学生。

日薄榆关何处抗，烟花场上没人惊。

一九三三年一月三十一日

电的利弊

日本幕府时代，曾大杀基督教徒，刑罚很凶，但不准发表，世无知者。到近几年，乃出版当时的文献不少。曾见《切利支丹殉教记》，其中记有拷问教徒的情形，或牵到温泉旁边，用热汤浇身；或周围生火，慢慢的烤炙，这本是“火刑”，但主管者却将火移远，改死刑为虐杀了。

中国还有更残酷的。唐人说部中曾有记载，一县官拷问犯人，四周用火遥焙，口渴，就给他喝酱醋，这是比日本更进一步的办法。现在官厅拷问嫌疑犯，有用辣椒煎汁灌入鼻孔去的，似乎就是唐朝遗下的方法，或则是古今英雄，所见略同。曾见一个囚在反省院里的青年的信，说先前身受此刑，苦痛不堪，辣汁流入肺脏及心，已成不治之症，即释放亦不免于死云云。此人是陆军学生，不明内脏构造，其实倒挂灌鼻，可以由气管流入肺中，引起致死之病，却不能进入心中，大约当时因在苦楚中，知觉瞀乱，遂疑为已到心脏了。

但现在之所谓文明人所造的刑具，残酷又超出于此种方法万万。上海有电刑，一上，即遍身痛楚欲裂，遂昏去，少顷又醒，则又受刑。闻曾有连受七八次者，即幸而免死，亦从此牙齿皆摇动，神经亦变钝，不能复原。前年纪念爱迪生，许多人赞颂电报、电话之有利于人，却没有想到同是一电，而有人得到这样的大害，福人用电气疗病，美容，而被压迫者却以此受苦，丧命也。

外国用火药制造子弹御敌，中国却用它做爆竹敬神；外国用罗盘针航海，中国却用它看风水；外国用鸦片医病，中国却拿来当饭吃。同是一种东西，而中外用法之不同有如此，盖不但电气而已。

一九三三年一月三十一日

赌　咒

“天诛地灭，男盗女娼”——是中国人赌咒的经典，几乎象诗云子曰一样。现在的宣誓，“誓杀敌，誓死抵抗，誓……”似乎不用这种成语了。

但是，赌咒的实质还是一样，总之是信不得。他明知道天不见得来诛他，地也不见得来灭他，现在连人参都“科学化地”含起电气来了，难道“天地”还不科学化么！至于男盗和女娼，那是非但无害，而且有益：男盗——可以多刮几层地皮，女娼——可以多弄几个“裙带官儿”的位置。

我的老朋友说：你这个“盗”和“娼”的解释都不是古义。我回答说——你知道现在是什么时代！现在是盗也摩登，娼也摩登，所以赌咒也摩登，变成宣誓了。

一九三三年二月九日

从讽刺到幽默

讽刺家，是危险的。

假使他所讽刺的是不识字者，被杀戮者，被囚禁者，被压迫者罢，那很好，正可给读他文章的所谓有教育的智识者嘻嘻一笑，更觉得自己的勇敢和高明。然而现今的讽刺家之所以为讽刺家，却正在讽刺这一流所谓有教育的智识者社会。

因为所讽刺的是这一流社会，其中的各分子便各各觉得好像刺着了自己，就一个个的暗暗的迎出来，又用了他们的讽刺，想来刺死这讽刺者。

最先是说他冷嘲，渐渐的又七嘴八舌的说他谩骂，俏皮话，刻毒，可恶，学匪，绍兴师爷，等等，等等。然而讽刺社会的讽刺，却往往仍然会“悠久得惊人”的，即使捧出了做过和尚的洋人或专办了小报来打击，也还是没有效，这怎不气死人也么哥呢！

枢纽是在这里：他所讽刺的是社会，社会不变，这讽刺就跟着存在，而你所刺的是他个人，他的讽刺倘存在，你的讽刺就落空了。

所以，要打倒这样的可恶的讽刺家，只好来改变社会。

然而社会讽刺家究竟是危险的，尤其是在有些“文学家”明明暗暗的成了“王之爪牙”的时代。人们谁高兴做“文字狱”中的主角呢，但倘不死绝，肚子里总还有半口闷气，要借着笑的幌子，哈哈的吐他出来。笑笑既不至于得罪别人，现在的法律上也尚无国民必须哭丧着脸的规定，并非“非法”，盖可断言的。

我想：这便是去年以来，文字上流行了“幽默”的原因，但其中单是“为笑笑而笑笑”的自然也不少。

然而这情形恐怕是过不长久的，“幽默”既非国产，中国人也不是长于“幽默”的人民，而现在又实在是难以幽默的时候。于是虽幽默也就免不了改变样子了，非倾于对社会的讽刺，即堕入传统的“说笑话”和“讨便宜”。

一九三三年三月二日

推背图

我这里所用的“推背”的意思，是说：从反面来推测未来的情形。

上月的《自由谈》里，就有一篇《正面文章反看法》，这是令人毛骨悚然的文字。因为得到这一个结论的时候，先前一定经过许多苦楚的经验，见过许多可怜的牺牲。本草家提起笔来，写道：砒霜，大毒。字不过四个，但他却确切知道了这东西曾经毒死过若干性命的了。

里巷间有一个笑话：某甲将银子三十两埋在地里面，怕人知道，就在上面竖一块木板，写道：“此地无银三十两。”隔壁的阿二因此却将这掘去了，也怕人发觉，就在木板的那一面添上一句道，“隔壁阿二勿曾偷。”这就是在教人“正面文章反看法”。

但我们日日所见的文章，却不能这么简单。有明说要做，其实不做的；有明说不做，其实要做的；有明说做这样，其实做那样的；有其实自己要这么做，倒说别人要这么做的；有一声不响，而其实倒做了的。然而也有说这样，竟这样的。难就在这地方。

例如近几天报章上记载着的要闻罢：

一、××军在××血战，杀敌××××人。

二、××谈话：决不与日本直接交涉，仍然不改初衷，抵抗到底。

三、芳泽来华，据云系私人事件。

四、共党联日，该伪中央已派干部××赴日接洽。

五、××××……

倘使都当反面文章看，可就太骇人了。但报上也有“莫干山路草棚船百余只大火”，“××××廉价只有四天了”等大概无须“推背”的记载，于是乎我们就又胡涂起来。

听说，《推背图》本是灵验的，某朝某帝怕他淆惑人心，就添了些假造的在里面，因此弄得不能豫知了，必待事实证明之后，人们这才恍然大悟。

我们也只好等着看事实，幸而大概是不很久的，总出不了今年。

一九三三年四月二日

中国人的生命圈

“蝼蚁尚知贪生”，中国百姓向来自称“蚁民”，我为暂时保全自己的生命计，时常留心着比较安全的处所，除英雄豪杰之外，想必不至于讥笑我的罢。

不过，我对于正面的记载，是不大相信的，往往用一种另外的看法。例如罢，报上说，北平正在设备防空，我见了并不觉得可靠；但一看见载着古物的南运，却立刻感到古城的危机，并且由这古物的行踪，推测中国乐土的所在。

现在，一批一批的古物，都集中到上海来了，可见最安全的地方，到底也还是上海的租界上。

然而，房租是一定要贵起来的了。

这在“蚁民”，也是一个大打击，所以还得想想另外的地方。

想来想去，想到了一个“生命圈”。这就是说，既非“腹地”，也非“边疆”，是介乎两者之间，正如一个环子，一个圈子的所在，在这里倒或者也可以“苟延性命于×世”的。

“边疆”上是飞机抛炸弹。据日本报，说是在剿灭“兵匪”；据中国报，说是屠戮了人民，村落市廛，一片瓦砾。“腹地”里也是飞机抛炸弹。据上海报，说是在剿灭“共匪”，他们被炸得一塌胡涂；“共匪”的报上怎么说呢，我们可不知道。但总而言之，边疆上是炸，炸，炸；腹地里也是炸，炸，炸。虽然一面是别人炸，一面是自己炸，炸手不同，而被炸则一。只有在这两者之间的，只要炸弹不要误行落下来，倒还有可免“血肉横飞”的希望，所以我名之曰“中国人的生命圈”。

再从外面炸进来，这“生命圈”便收缩而为“生命线”；再炸进来，大家便都逃进那炸好了的“腹地”里面去，这“生命圈”便完结而为“生命〇”。

其实，这预感是大家都有的，只要看这一年来，文章上不大见有“我中国地大物博，人口众多”的套话了，便是一个证据。而有一位先生，还在演说上自己说中国人是“弱小民族”哩。

但这一番话，阔人们是不以为然的，因为他们不但有飞机，还有他们的“外国”！

一九三三年四月十日

言论自由的界限

看《红楼梦》，觉得贾府上是言论颇不自由的地方。焦大以奴才的身分，仗着酒醉，从主子骂起，直到别的一切奴才，说只有两个石狮子干净。结果怎样呢？结果是主子深恶，奴才痛嫉，给他塞了一嘴马粪。

其实是，焦大的骂；并非要打倒贾府，倒是要贾府好，不过说主奴如此，贾府就要弄不下去罢了。然而得到的报酬是马粪。所以这焦大，实在是贾府的屈原，假使他能做文章，我想，恐怕也会有一篇《离骚》之类。

三年前的新月社诸君子，不幸和焦大有了相类的境遇。他们引经据典，对于党国有了一点微词，虽然引的大抵是英国经典，但何尝有丝毫不利于党国的恶意，不过说："老爷，人家的衣服多么干净，您老人家的可有些儿脏，应该洗它一洗"罢了。不料"荃不察余之中情兮"，来了一嘴的马粪：国报同声致讨，连《新月》杂志也遭殃。但新月社究竟是文人学士的团体，这时就也来了一大堆引据三民主义，辨明心迹的"离骚经"。现在好了，吐出马粪，换塞甜头，有的顾问，有的教授，有的秘书，有的大学院长，言论自由，《新月》也满是所谓“为文艺的文艺”了。

这就是文人学士究竟比不识字的奴才聪明，党国究竟比贾府高明，现在究竟比乾隆时候光明：三明主义。

然而竟还有人在嚷着要求言论自由。世界上没有这许多甜头，我想，该是明白的罢，这误解，大约是在没有悟到现在的言论自由，只以能够表示主人的宽宏大度的说些“老爷，你的衣服……”为限，而还想说开去。

这是断乎不行的。前一种，是和《新月》受难时代不同，现在好像已有的了，这《自由谈》也就是一个证据，虽然有时还有几位拿着马粪，前来探头探脑的英雄。至于想说开去，那就足以破坏言论自由的保障。要知道现在虽比先前光明，但也比先前利害，一说开去，是连性命都要送掉的。即使有了言论自由的明令，也千万大意不得。这我是亲眼见过好几回的，非“卖老”也，不自觉其做奴才之君子，幸想一想而垂鉴焉。

一九三三年四月十七日

大观园的人才

早些年，大观园里的压轴戏是刘老老骂山门。那是要老旦出场的，老气横秋地大“放”一通，直到裤子后穿而后止。当时指着手无寸铁或者已被缴械的人大喊“杀，杀，杀!”那呼声是多么雄壮。所以它——男角扮的老婆子，也可以算得一个人才。

而今时世大不同了，手里拿刀，而嘴里却需要“自由，自由，自由”，“开放××”云云。压轴戏要换了。

于是人才辈出，各有巧妙不同，出场的不是老旦，却是花旦了，而且这不是平常的花旦，而是海派戏广告上所说的“玩笑旦”。这是一种特殊的人物，他（她）要会媚笑，又要会撒泼，要会打情骂俏，又要会油腔滑调。总之，这是花旦而兼小丑的角色。不知道是时世造英雄（说“美人”要妥当些），还是美人儿多年阅历的结果?

美人儿而说“多年”，自然是阅人多矣的徐娘了，她早已从窑姐儿升任了老鸨婆；然而她丰韵犹存，虽在卖人，还兼自卖。

自卖容易，而卖人就难些。现在不但有手无寸铁的人，而且有了……况且又遇见了太露骨的强奸。要会应付这种非常之变，就非有非常之才不可。你想想：现在的压轴戏是要似战似和，又战又和，不降不守，亦降亦守！这是多么难做的戏。没有半推半就假作娇痴的手段是做不好的。孟夫子说，“以天下与人易。”其实，能够简单地双手捧着“天下”去“与人”，倒也不为难了。问题就在于不能如此。所以要一把眼泪一把鼻涕，哭哭啼啼，而又刁声浪气的诉苦说：我不入火坑，谁入火坑。

然而娼妓说她自己落在火坑里，还是想人家去救她出来；而老鸨婆哭火坑，却未必有人相信她，何况她已经申明：她是敞开了怀抱，准备把一切人都拖进火坑的。虽然，这新鲜压轴戏的玩笑却开得不差，不是非常之才，就是挖空了心思也想不出的。

老旦进场，玩笑旦出场，大观园的人才着实不少！

一九三三年四月二十四日

天上地下

中国现在有两种炸，一种是炸进去，一种是炸进来。

炸进去之一例曰："日内除飞机往匪区轰炸外，无战事，三四两队，七日晨迄申，更番成队飞宜黄以西崇仁以南掷百二十磅弹两三百枚，凡匪足资屏蔽处炸毁几平，使匪无从休养。……"（五月十日《申报》南昌专电）

炸进来之一例曰："今晨六时，敌机炸蓟县，死民十余，又密云今遭敌轰四次，每次二架，投弹盈百，损害正详查中。……"（同日《大晚报》北平电）

应了这运会而生的，是上海小学生的买飞机，和北平小学生的挖地洞。

这也是对于"非安内无以攘外"或"安内急于攘外"的题目，做出来的两股好文章。

住在租界里的人们是有福的。但试闭目一想，想得广大一些，就会觉得内是官兵在天上，"共匪"和"匪化"了的百姓在地下，外是敌军在天上，没有"匪化"了的百姓在地下。"损害正详查中”，而太平之区，却造起了宝塔。释迦出世，一手指天，一手指地曰：“天上地下，惟我独尊！”此之谓也。

但又试闭目一想，想得久远一些，可就遇着难题目了。假如炸进去慢，炸进来快，两种飞机遇着了，又怎么办呢？停止了“安内”，回转头来“迎头痛击”呢，还是仍然只管自己炸进去，一任他跟着炸进来，一前一后，同炸“匪区”，待到炸清了，然后再“攘”他们出去呢？……

不过这只是讲笑话，事实是决不会弄到这地步的。即使弄到这地步，也没有什么难解决：外洋养病，名山拜佛，这就完结了。

五月十六日

记得末尾的三句，原稿是：“外洋养病，背脊生疮，名山上拜佛，小便里有糖，这就完结了。”

十九夜补记

第四辑 《准风月谈》

前记

自从中华民国建国二十有二年五月二十五日《自由谈》的编者刊出了“吁请海内文豪，从兹多谈风月”的启事以来，很使老牌风月文豪摇头晃脑的高兴了一大阵，讲冷话的也有，说俏皮话的也有，连只会做“文探”的叭儿们也翘起了它尊贵的尾巴。但有趣的是谈风云的人，风月也谈得，谈风月就谈风月罢，虽然仍旧不能正如尊意。

想从一个题目限制了作家，其实是不能够的。假如出一个“学而时习之”的试题，叫遗少和车夫来做八股，那做法就决定不一样。自然，车夫做的文章可以说是不通，是胡说，但这不通或胡说，就打破了遗少们的一统天下。古话里也有过：柳下惠看见糖水，说“可以养老”，盗跖见了，却道可以粘门闩。他们是弟兄，所见的又是同一的东西，想到的用法却有这么天差地远。“月白风清，如此良夜何?”好的，风雅之至，举手赞成。但同是涉及风月的“月黑杀人夜，风高放火天”呢，这不明明是一联古诗么?

我的谈风月也终于谈出了乱子来，不过也并非为了主张“杀人放火”。其实，以为“多谈风月”，就是“莫谈国事”的意思，是误解的。“漫谈国事”倒并不要紧，只是要“漫”，发出去的箭石，不要正中了有些人物的鼻梁，因为这是他的武器，也是他的幌子。

从六月起的投稿，我就用种种的笔名了，一面固然为了省事，一面也省得有人骂读者们不管文字，只看作者的署名。然而这么一来，却又使一些看文字不用视觉，专靠嗅觉的“文学家”疑神疑鬼，而他们的嗅觉又没有和全体一同进化，至于看见一个新的作家的名字，就疑心是我的化名，对我呜呜不已，有时简直连读者都被他们闹得莫名其妙了。现在就将当时所用的笔名，仍旧留在每篇之下，算是负着应负的责任。

还有一点和先前的编法不同的，是将刊登时被删改的文字大概补上去了，而且旁加黑点，以清眉目。这删改，是出于编辑或总编辑，还是出于官派的检查员的呢，现在已经无从辨别，但推想起来，改点句子，去些讳忌，文章却还能连接的处所，大约是出于编辑的，而胡乱删削，不管文气的接不接，语意的完不完的，便是钦定的文章。

日本的刊物，也有禁忌，但被删之处，是留着空白，或加虚线，使读者能够知道的。中国的检查官却不许留空白，必须接起来，于是读者就看不见检查删削的痕迹，一切含胡和恍忽之点，都归在作者身上了。这一种办法，是比日本大有进步的，我现在提出来，以存中国文网史上极有价值的故实。

去年的整半年中，随时写一点，居然在不知不觉中又成一本了。当然，这不过是一些拉杂的文章，为“文学家”所不屑道。然而这样的文字，现在却也并不多，而且“拾荒”的人们，也还能从中检出东西来，我因此相信这书的暂时的生存，并且作为集印的缘故。

一九三四年三月十日，于上海记

夜 颂

爱夜的人，也不但是孤独者，有闲者，不能战斗者，怕光明者。

人的言行，在白天和在深夜，在日下和在灯前，常常显得两样。夜是造化所织的幽玄的天衣，普覆一切人，使他们温暖，安心，不知不觉的自己渐渐脱去人造的面具和衣裳，赤条条地裹在这无边际的黑絮似的大块里。

虽然是夜，但也有明暗。有微明，有昏暗，有伸手不见掌，有漆黑一团糟。爱夜的人要有听夜的耳朵和看夜的眼睛，自在暗中，看一切暗。君子们从电灯下走入暗室中，伸开了他的懒腰；爱侣们从月光下走进树阴里，突变了他的眼色。夜的降临，抹杀了一切文人学士们当光天化日之下，写在耀眼的白纸上的超然，混然，恍然，勃然，粲然的文章，只剩下乞怜，讨好，撒谎，骗人，吹牛，捣鬼的夜气，形成一个灿烂的金色的光圈，像见于佛画上面似的，笼罩在学识不凡的头脑上。

爱夜的人于是领受了夜所给与的光明。

高跟鞋的摩登女郎在马路边的电光灯下，阁阁的走得很起劲，但鼻尖也闪烁着一点油汗，在证明她是初学的时髦，假如长在明晃晃的照耀中，将使她碰着“没落”的命运。一大排关着的店铺的昏暗助她一臂之力，使她放缓开足的马力，吐一口气，这时之觉得沁人心脾的夜里的拂拂的凉风。

爱夜的人和摩登女郎，于是同时领受了夜所给与的恩惠。

一夜已尽，人们又小心翼翼的起来，出来了；便是夫妇们，面目和五六点钟之前也何其两样。从此就是热闹，喧嚣。而高墙后面，大厦中间，深闺里，黑狱里，客室里，秘密机关里，却依然弥漫着惊人的真的大黑暗。

现在的光天化日，熙来攘往，就是这黑暗的装饰，是人肉酱缸上的金盖，是鬼脸上的雪花膏。只有夜还算是诚实的。我爱夜，在夜间作《夜颂》。

一九三三年六月八日

“吃白相饭”

要将上海的所谓“白相”，改作普通话，只好是“玩耍”；至于“吃白相饭”，那恐怕还是用文言译作“不务正业，游荡为生”，对于外乡人可以比较的明白些。

游荡可以为生，是很奇怪的。然而在上海问一个男人，或向一个女人问她的丈夫的职业的时候，有时会遇到极直截的回答道：“吃白相饭的。”

听的也并不觉得奇怪，如同听到了说“教书”，“做工”一样。倘说是“没有什么职业”，他倒会有些不放心了。

“吃白相饭”在上海是这么一种光明正大的职业。

我们在上海的报章上所看见的，几乎常是这些人物的功绩；没有他们，本埠新闻是决不会热闹的。但功绩虽多，归纳起来也不过是三段，只因为未必全用在一件事情上，所以看起来好像五花八门了。

第一段是欺骗。见贪人就用利诱，见孤愤的就装同情，见倒霉的则装慷慨，但见慷慨的却又会装悲苦，结果是席卷了对手的东西。

第二段是威压。如果欺骗无效，或者被人看穿了，就脸孔一翻，化为威吓，或者说人无礼，或者诬人不端，或者赖人欠钱，或者并不说什么缘故，而这也谓之“讲道理”，结果还是席卷了对手的东西。

第三段是溜走。用了上面的一段或兼用了两段而成功了，就一溜烟走掉，再也寻不出踪迹来。失败了，也是一溜烟走掉，再也寻不出踪迹来。事情闹得大一点，则离开本埠，避过了风头再出现。

有这样的职业，明明白白，然而人们是不以为奇的。

“白相”可以吃饭，劳动的自然就要饿肚，明明白白，然而人们也不以为奇。

但“吃白相饭”朋友倒自有其可敬的地方，因为他还直直落落的告诉人们说，“吃白相饭的！”

一九三三年六月二十六日

中国的奇想

外国人不知道中国，常说中国人是专重实际的。其实并不，我们中国人是最有奇想的人民。

无论古今，谁都知道，一个男人有许多女人，一味纵欲，后来是不但天天喝三鞭酒也无效，简直非“寿（?）终正寝”不可的。可是我们古人有一个大奇想，是靠了“御女”，反可以成仙，例子是彭祖有多少女人而活到几百岁。这方法和炼金术一同流行过，古代书目上还剩着各种的书名。不过实际上大约还是到底不行罢，现在似乎再没有什么人们相信了，这对于喜欢渔色的英雄，真是不幸得很。

然而还有一种小奇想。那就是哼的一声，鼻孔里放出一道白光，无论路的远近，将仇人或敌人杀掉。白光可又回来了，摸不着是谁杀的，既然杀了人，又没有麻烦，多么舒适自在。这种本领，前年还有人想上武当山去寻求，直到去年，这才用大刀队来替代了这奇想的位置。现在是连大刀队的名声也寂寞了。对于爱国的英雄，也是十分不幸的。

然而我们新近又有了一个大奇想。那是一面救国，一面又可以发财，虽然各种彩票，近似赌博，而发财也不过是“希望”。不过这两种已经关联起来了却是真的。固然，世界上也有靠聚赌抽头来维持的摩那科王国，但就常理说，则赌博大概是小则败家，大则亡国；救国呢，却总不免有一点牺牲，至少，和发财之路总是相差很远的。然而发见了一致之点的是我们现在的中国，虽然还在试验的途中。

然而又还有一种小奇想。这回不用一道白光了，要用几回启事，几封匿名的信件，几篇化名的文章，使仇头落地，而血点一些也不会溅着自己的洋房和洋服。并且映带之下，使自己成名获利。这也还在试验的途中，不知道结果怎么样，但翻翻现成的文艺史，看不见半个这样的人物，那恐怕也还是枉用心机的。

狂赌救国，纵欲成仙，袖手杀敌，造谣买田，倘有人要编续《龙文鞭影》的，我以为不妨添上这四句。

一九三三年八月四日

“中国文坛的悲观”

文雅书生中也真有特别善于下泪的人物，说是因为近来中国文坛的混乱，好像军阀割据，便不禁“呜呼”起来了，但尤其痛心诬陷。

其实是作文“藏之名山”的时代一去，而有一个“坛”，便不免有斗争，甚而至于谩骂，诬陷的。明末太远，不必提了；清朝的章实斋和袁子才，李莼客和赵扮叔，就如水火之不可调和；再近些，则有《民报》和《新民丛报》之争，《新青年》派和某某派之争，也都非常猛烈。当初又何尝不使局外人摇头叹气呢，然而胜负一明，时代渐远，战血为雨露洗得干干净净，后人便以为先前的文坛是太平了。在外国也一样，我们现在大抵只知道嚣俄和霍普德曼是卓卓的文人，但当时他们的剧本开演的时候，就在戏场里捉人，打架，较详的文学史上，还载着打架之类的图。

所以，无论中外古今，文坛上是总归有些混乱，使文雅书生看得要“悲观”的。但也总归有许多所谓文人和文章也者一定灭亡，只有配存在者终于存在，以证明文坛也总归还是干净的处所。增加混乱的倒是有些悲观论者，不施考察，不加批判，但用“彼亦一是非，此亦一是非”的论调，将一切作者，诋为“一丘之貉”。这样子，扰乱是永远不会收场的。然而世间却并不都这样，一定会有明明白白的是非之别，我们试想一想，林琴南攻击文学革命的小说，为时并不久，现在那里去了？

只有近来的诬陷，倒像是颇为出色的花样，但其实也并不比古时候更厉害，证据是清初大兴文字之狱的遗闻。况且闹这样玩意的，其实并不完全是文人，十中之九，乃是挂了招牌，而无货色，只好化为黑店，出卖人肉馒头的小盗；即使其中偶然有曾经弄过笔墨的人，然而这时却正是露出原形，在告白他自己的没落，文坛决不因此混乱，倒是反而越加清楚，越加分明起来了。

历史决不倒退，文坛是无须悲观的。悲观的由来，是在置身事外不辨是非，而偏要关心于文坛，或者竟是自己坐在没落的营盘里。

一九三三年八月十日

秋夜纪游

秋已经来了，炎热也不比夏天小，当电灯替代了太阳的时候，我还是在马路上漫游。

危险？危险令人紧张，紧张令人觉到自己生命的力。在危险中漫游，是很好的。

租界也还有悠闲的处所，是住宅区。但中等华人的窟穴却是炎热的，吃食担，胡琴，麻将，留声机，垃圾桶，光着的身子和腿。相宜的是高等华人或无等洋人住处的门外，宽大的马路，碧绿的树，淡色的窗幔，凉风，月光，然而也有狗子叫。

我生长农村中，爱听狗子叫，深夜远吠，闻之神怡，古人之所谓“犬声如豹”者就是。倘或偶经生疏的村外，一声狂嗥，巨獒跃出，也给人一种紧张，如临战斗，非常有趣的。

但可惜在这里听到的是吧儿狗。它躲躲闪闪，叫得很脆：汪汪！

我不爱听这一种叫。

我一面漫步，一面发出冷笑，因为我明白了使它闭口的方法，是只要去和它主子的管门人说几句话，或者抛给它一根肉骨头。这两件我还能的，但是我不做。

它常常要汪汪。

我不爱听这一种叫。

我一面漫步，一面发出恶笑了，因为我手里拿着一粒石子，恶笑刚敛，就举手一掷，正中了它的鼻梁。

呜的一声，它不见了。我漫步着，漫步着，在少有的寂寞里。

秋已经来了，我还是漫步着。叫呢，也还是有的，然而更加躲躲闪闪了，声音也和先前不同，距离也隔得远了，连鼻子都看不见。

我不再冷笑，不再恶笑了，我漫步着，一面舒服的听着它那很脆的声音。

一九三三年八月十四日

爬和撞

从前梁实秋教授曾经说过：穷人总是要爬，往上爬，爬到富翁的地位。不但穷人，奴隶也是要爬的，有了爬得上的机会，连奴隶也会觉得自己是神仙，天下自然太平了。

虽然爬得上的很少，然而个个以为这正是他自己。这样自然都安分的去耕田，种地，拣大粪或是坐冷板凳，克勤克俭，背着苦恼的命运，和自然奋斗着，拼命的爬，爬，爬。可是爬的人那么多，而路只有一条，十分拥挤。老实的照着章程规规矩矩的爬，大都是爬不上去的。聪明人就会推，把别人推开，推倒，踏在脚底下，踹着他们的肩膀和头顶，爬上去了。大多数人却还只是爬，认定自己的冤家并不在上面，而只在旁边——是那些一同在爬的人。他们大都忍耐着一切，两脚两手都着地，一步步的挨上去又挤下来，挤下来又挨上去，没有休止的。

然而爬的人太多，爬得上的太少，失望也会渐渐的侵蚀善良的人心，至少，也会发生跪着的革命。于是爬之外，又发明了撞。

这是明知道你太辛苦了，想从地上站起来，所以在你的背后猛然的叫一声：撞罢。一个个发麻的腿还在抖着，就撞过去。这比爬要轻松得多，手也不必用力，膝盖也不必移动，只要横着身子，晃一晃，就撞过去。撞得就是五十万元大洋，妻，财，子，禄都有了。撞不好，至多不过跌一交，倒在地下。那又算得什么呢，——他原本是伏在地上的，他仍旧可以爬。何况有些人不过撞着玩罢了，根本就不怕跌交的。

爬是自古有之。例如从童生到状元，从小瘪三到康白度。撞却似乎是近代的发明。要考据起来，恐怕只有古时候“小姐抛彩球”有点像给人撞的办法。小姐的彩球将要抛下来的时候，——一个个想吃天鹅肉的男子汉仰着头，张着嘴，馋涎拖得几尺长……可惜，古人究竟呆笨，没有要这些男子汉拿出几个本钱来，否则，也一定可以收着几万万的。

爬得上的机会越少，愿意撞的人就越多，那些早已爬在上面的人们，就天天替你们制造撞的机会，叫你们化些小本钱，而预约着你们名利双收的神仙生活。所以撞得好的机会，虽然比爬得上的还要少得多，而大家都愿意来试试的。这样，爬了来撞，撞不着再爬……鞠躬尽瘁，死而后已。

一九三三年八月十六日

登龙术拾遗

章克标先生做过一部《文坛登龙术》，因为是预约的，而自己总是悠悠忽忽，竟失去了拜诵的幸运，只在《论语》上见过广告，解题和后记。但是，这真不知是那里来的“烟士披里纯”，解题的开头第一段，就有了绝妙的名文——

> “登龙是可以当作乘龙解的，于是登龙术便成了乘龙的技术，那是和骑马驾车相类似的东西了。但平常乘龙就是女婿的意思，文坛似非女性，也不致于会要招女婿，那么这样解释似乎也有引起别人误会的危险。……”

确实，查看广告上的目录，并没有“做女婿”这一门，然而这却不能不说是“智者千虑”的一失，似乎该有一点增补才好，因为文坛虽然“不致于会要招女婿”，但女婿却是会要上文坛的。

术曰：要登文坛，须阔太太，遗产必需，官司莫怕。穷小子想爬上文坛去，有时虽然会侥幸，终究是很费力气的；做些随笔或茶话之类，或者也能够捞几文钱，但究竟随人俯仰。最好是有富岳家，有阔太太，用赔嫁钱，作文学资本，笑骂随他笑骂，恶作我自印之。“作品”一出，头衔自来，赘婿虽能被妇家所轻，但一登文坛，即声价十倍，太太也就高兴，不至于自打麻将，连眼梢也一动不动了，这就是“交相为用”。但其为文人也，又必须是唯美派，试看王尔德遗照，盘花钮扣，镶牙手杖，何等漂亮，人见犹怜，而况令阃。可惜他的太太不行，以至滥交顽童，穷死异国，假如有钱，何至于此。所以倘欲登龙，也要乘龙，“书中自有黄金屋”，早成古话，现在是“金中自有文学家”当令了。

但也可以从文坛上去做女婿。其术是时时留心，寻一个家里有些钱，而自己能写几句“阿呀呀，我悲哀呀”的女士，做文章登报，尊之为“女诗人”。待到看得她有了“知己之感”，就照电影上那样的屈一膝跪下，说道“我的生命呵，阿呀呀，我悲哀呀!”——则由登龙而乘龙，又由乘龙而更登龙，十分美满。然而富女诗人未必一定爱穷男文士，所以要有把握也很难，这一法，在这里只算是《登龙术拾遗》的附录，请勿轻用为幸。

一九三三年八月二十八日

男人的进化

说禽兽交合是恋爱未免有点亵渎。但是，禽兽也有性生活，那是不能否认的。它们在春情发动期，雌的和雄的碰在一起，难免“卿卿我我”的来一阵。固然，雌的有时候也会装腔做势，逃几步又回头看，还要叫几声，直到实行“同居之爱”为止。禽兽的种类虽然多，它们的“恋爱”方式虽然复杂，可是有一件事是没有疑问的：就是雄的不见得有什么特权。

人为万物之灵，首先就是男人的本领大。最初原是马马虎虎的，可是因为“知有母不知有父”的缘故，娘儿们曾经“统治”过一个时期，那时的祖老太太大概比后来的族长还要威风。后来不知怎的，女人就倒了霉：项颈上，手上，脚上，全都锁上了链条，扣上了圈儿，环儿，——虽则过了几千年这些圈儿环儿大都已经变成了金的银的，镶上了珍珠宝钻，然而这些项圈，镯子，戒指等等，到现在还是女奴的象征。既然女人成了奴隶，那就男人不必征求她的同意再去“爱”她了。古代部落之间的战争，结果俘虏会变成奴隶，女俘虏就会被强奸。那时候，大概春情发动期早就“取消”了，随时随地男主人都可以强奸女俘虏，女奴隶。现代强盗恶棍之流的不把女人当人，其实是大有酋长式武士道的遗风的。

但是，强奸的本领虽然已经是人比禽兽“进化”的一步，究竟还只是半开化。你想，女的哭哭啼啼，扭手扭脚，能有多大兴趣？自从金钱这宝贝出现之后，男人的进化就真的了不得了。天下的一切都可以买卖，性欲自然并非例外。男人化几个臭钱，就可以得到他在女人身上所要得到的东西。而且他可以给她说：我并非强奸你，这是你自愿的，你愿意拿几个钱，你就得如此这般，百依百顺，咱们是公平交易！蹂躏了她，还要她说一声“谢谢你，大少”。这是禽兽干得来的么？所以嫖妓是男人进化的颇高的阶段了。

同时，父母之命媒妁之言的旧式婚姻，却要比嫖妓更高明。这制度之下，男人得到永久的终身的活财产。当新妇被人放到新郎的床上的时候，她只有义务，她连讲价钱的自由也没有，何况恋爱。不管你爱不爱，在周公孔圣人的名义之下，你得从一而终，你得守贞操。男人可以随时使用她，而她却要遵守圣贤的礼教，即使“只在心里动了恶念，也要算犯奸淫”的。如果雄狗对雌狗用起这样巧妙而严厉的手段来，雌的一定要急得“跳墙”。然而人却只会跳井，当节妇，贞女，烈女去。礼教婚姻的进化意义，也就可想而知了。

至于男人会用“最科学的”学说，使得女人虽无礼教，也能心甘情愿地从一而终，而且深信性欲是“兽欲”，不应当作为恋爱的基本条件；因此发明“科学的贞操”，——那当然是文明进化的顶点了。

呜呼，人——男人——之所以异于禽兽者！

自注：这篇文章是卫道的文章。

一九三三年九月三日

礼

看报，是有益的，虽然有时也沉闷。例如罢，中国是世界上国耻纪念最多的国家，到这一天，报上照例得有几块记载，几篇文章。但这事真也闹得太重叠，太长久了，就很容易千篇一律，这一回可用，下一回也可用，去年用过了，明年也许还可用，只要没有新事情。即使有了，成文恐怕也仍然可以用，因为反正总只能说这几句话。所以倘不是健忘的人，就会觉得沉闷，看不出新的启示来。

然而我还是看。今天偶然看见北京追悼抗日英雄邓文的记事，首先是报告，其次是演讲，最末，是“礼成，奏乐散会”。

我于是得了新的启示：凡纪念，“礼”而已矣。

中国原是“礼义之邦”，关于礼的书，就有三大部，连在外国也译出了，我真特别佩服《仪礼》的翻译者。事君，现在可以不谈了；事亲，当然要尽孝，但殁后的办法，则已归入祭礼中，各有仪，就是现在的拜忌日，做阴寿之类。新的忌日添出来，旧的忌日就淡一点，“新鬼大，故鬼小”也。我们的纪念日也是对于旧的几个比较的不起劲，而新的几个之归于淡漠，则只好以俟将来，和人家的拜忌辰是一样的。有人说，中国的国家以家族为基础，真是有识见。

中国又原是“礼让为国”的，既有礼，就必能让，而愈能让，礼也就愈繁了。总之，这一节不说也罢。

古时候，或以黄老治天下，或以孝治天下。现在呢，恐怕是入于以礼治天下的时期了，明乎此，就知道责备民众的对于纪念日的淡漠是错的，《礼》曰：“礼不下庶人”；舍不得物质上的什么东西也是错的，孔子不云乎：“赐也尔爱其羊，我爱其礼！”

“非礼勿视，非礼勿听，非礼勿言，非礼勿动”，静静的等着别人的“多行不义，必自毙”，礼也。

一九三三年九月二十日

吃　教

达一先生在《文统之梦》里，因刘勰自谓梦随孔子，乃始论文，而后来做了和尚，遂讥其“贻羞往圣”。其实是中国自南北朝以来，凡有文人学士，道士和尚，大抵以“无特操”为特色的。晋以来的名流，每一个人总有三种小玩意，一是《论语》和《孝经》，二是《老子》，三是《维摩诘经》，不但采作谈资，并且常常做一点注解。唐有三教辩论，后来变成大家打诨；所谓名儒，做几篇伽蓝碑文也不算什么大事。宋儒道貌岸然，而窃取禅师的语录。清呢，去今不远，我们还可以知道儒者的相信《太上感应篇》和《文昌帝君阴骘文》，并且会请和尚到家里来拜忏。

耶稣教传入中国，教徒自以为信教，而教外的小百姓却都叫他们是“吃教”的。这两个字，真是提出了教徒的“精神”，也可以包括大多数的儒释道教之流的信者，也可以移用于许多“吃革命饭”的老英雄。

清朝人称八股文为“敲门砖”，因为得到功名，就如打开了门，砖即无用。近年则有杂志上的所谓“主张”。《现代评论》之出盘，不是为了迫压，倒因为这派作者的飞腾；《新月》的冷落，是老社员都“爬”了上去，和月亮距离远起来了。这种东西，我们为要和“敲门砖”区别，称之为“上天梯”罢。

“教”之在中国，何尝不如此。讲革命，彼一时也；讲忠孝，又一时也；跟大拉嘛打圈子，又一时也；造塔藏主义，又一时也。有宜于专吃的时代，则指归应定于一尊，有宜合吃的时代，则诸教亦本非异致，不过一碟是全鸭，一碟是杂拌儿而已。刘勰亦然，盖仅由“不撤姜食”一变而为吃斋，于胃脏里的分量原无差别，何况以和尚而注《论语》《孝经》或《老子》，也还是不失为一种“天经地义”呢？

一九三三年九月二十七日

喝　茶

某公司又在廉价了，去买了二两好茶叶，每两洋二角。开首泡了一壶，怕它冷得快，用棉袄包起来，却不料郑重其事的来喝的时候，味道竟和我一向喝着的粗茶差不多，颜色也很重浊。

我知道这是自己错误了，喝好茶，是要用盖碗的，于是用盖碗。果然，泡了之后，色清而味甘，微香而小苦，确是好茶叶。但这是须在静坐无为的时候的，当我正写着《吃教》的中途，拉来一喝，那好味道竟又不知不觉的滑过去，像喝着粗茶一样了。

有好茶喝，会喝好茶，是一种“清福”。不过要享这“清福”，首先就须有工夫，其次是练习出来的特别的感觉。由这一极琐屑的经验，我想，假使是一个使用筋力的工人，在喉干欲裂的时候，那么，即使给他龙井芽茶，珠兰窨片，恐怕他喝起来也未必觉得和热水有什么大区别罢。所谓“秋思”，其实也是这样的，骚人墨客，会觉得什么“悲哉秋之为气也”，风雨阴晴，都给他一种刺戟，一方面也就是一种“清福”，但在老农，却只知道每年的此际，就要割稻而已。

于是有人以为这种细腻锐敏的感觉，当然不属于粗人，这是上等人的牌号。然而我恐怕也正是这牌号就要倒闭的先声。我们有痛觉，一方面是使我们受苦的，而一方面也使我们能够自卫。假如没有，则即使背上被人刺了一尖刀，也将茫无知觉，直到血尽倒地，自己还不明白为什么倒地。但这痛觉如果细腻锐敏起来呢，则不但衣服上有一根小刺就觉得，连衣服上的接缝，线结，布毛都要觉得，倘不穿“无缝天衣”，他便要终日如芒刺在身，活不下去了。但假装锐敏的，自然不在此例。

感觉的细腻和锐敏，较之麻木，那当然算是进步的，然而以有助于生命的进化为限。如果不相干，甚而至于有碍，那就是进化中的病态，不久就要收梢。我们试将享清福，抱秋心的雅人，和破衣粗食的粗人一比较，就明白究竟是谁活得下去。喝过茶，望着秋天，我于是想：不识好茶，没有秋思，倒也罢了。

一九三三年九月三十日

第五辑 《花边文学》

序 言

我的常常写些短评，确是从投稿于《申报》的《自由谈》上开头的；集一九三三年之所作，就有了《伪自由书》和《准风月谈》两本。后来编辑者黎烈文先生真被挤轧得苦，到第二年，终于被挤出了，我本也可以就此搁笔，但为了赌气，却还是改些作法，换些笔名，托人抄写了去投稿，新任者不能细辨，依然常常登了出来。一面又扩大了范围，给《中华日报》的副刊《动向》，小品文半月刊《太白》之类，也间或写几篇同样的文字。聚起一九三四年所写的这些东西来，就是这一本《花边文学》。

这一个名称，是和我在同一营垒里的青年战友，换掉姓名挂在暗箭上射给我的。那立意非常巧妙：一，因为这类短评，在报上登出来的时候往往围绕一圈花边以示重要，使我的战友看得头疼；二，因为“花边”也是银元的别名，以见我的这些文章是为了稿费，其实并无足取。至于我们的意见不同之处，是我以为我们无须希望外国人待我们比鸡鸭优，他却以为应该待我们比鸡鸭优，我在替西洋人辩护，所以是“买办”。那文章就附在《倒提》之下，这里不必多说。此外，倒也并无什么可记之事。只为了一篇《玩笑只当它玩笑》，又曾引出过一封文公直先生的来信，笔伐的更严重了，说我是“汉奸”，现在和我的复信都附在本文的下面。其余的一些鬼鬼祟祟，躲躲闪闪的攻击，离上举的两位还差得很远，这里都不转载了。

“花边文学”可也真不行。一九三四年不同一九三五年，今年是为了“闲话皇帝”事件，官家的书报检查处忽然不知所往，还革掉七位检查官，日报上被删之处，也好像可以留着空白（术语谓之“开天窗”）了。但那时可真厉害，这么说不可以，那么说又不成功，而且删掉的地方，还不许留下空隙，要接起来，使作者自己来负吞吞吐吐，不知所云的责任。在这种明诛暗杀之下，能够苟延残喘，和读者相见的，那么，非奴隶文章是什么呢？

我曾经和几个朋友闲谈。一个朋友说：现在的文章，是不会有骨气的了，譬如向一种日报上的副刊去投稿罢，副刊编辑先抽去几根骨头，总编辑又抽去几根骨头，检查官又抽去几根骨头，剩下来还有什么呢？我说：我是自己先抽去了几根骨头的，否则，连“剩下来”的也不剩。所以，那时发表出来的文字，有被抽四次的可能，——现在有些人不在拼命表彰文天祥方孝孺么，幸而他们是宋明人，如果活在现在，他们的言行是谁也无从知道的。

因此除了官准的有骨气的文章之外，读者也只能看看没有骨气的文章。我生于清朝，原是奴隶出身，不同二十五岁以内的青年，一生下来就是中华民国的主子，然而他们不经世故，偶尔“忘其所以”也就大碰其钉子。我的投稿，目的是在发表的，当然不给它见得有骨气，所以被“花边”所装饰者，大约也确比青年作家的作品多，而且奇怪，被删掉的地方倒很少。一年之中，只有三篇，现在补全，仍用黑点为记。我看《论秦理斋夫人事》的末尾，是申报馆的总编辑删的，别的两篇，却是检查官删的：这里都显着他们不同的心思。

今年一年中，我所投稿的《自由谈》和《动向》，都停刊了；《太白》也不出了。我曾经想过：凡是我寄文稿的，只寄开初的一两期还不妨，假使接连不断，它就总归活不久。于是从今年起，我就不大做这样的短文，因为对于同人，是回避他背后的闷棍，对于自己，是不愿做开路的呆子，对于刊物，是希望它尽可能的长生。所以有人要我投稿，我特别敷延推宕，非“摆架子”也，是带些好意——然而有时也是恶意——的“世故”：这是要请索稿者原谅的。

一直到了今年下半年，这才看见了新闻记者的“保护正当舆论”的请愿和智识阶级的言论自由的要求。要过年了，我不知道结果怎么样。然而，即使从此文章都成了民众的喉舌，那代价也可谓大极了：是北五省的自治。这恰如先前的不敢恳请“保护正当舆论”和要求言论自由的代价之大一样：是东三省的沦亡。不过这一次，换来的东西是光明的。然而，倘使万一不幸，后来又复换回了我做“花边文学”一样的时代，大家试来猜一猜那代价该是什么罢……

一九三五年十二月二十九之夜，鲁迅记

女人未必多说谎

侍桁先生在《谈说谎》里，以为说谎的原因之一是由于弱，那举证的事实，是："因此为什么女人讲谎话要比男人来得多。"

那并不一定是谎话，可是也不一定是事实。我们确也常常从男人们的嘴里，听说是女人讲谎话要比男人多，不过却也并无实证，也没有统计。叔本华先生痛骂女人，他死后，从他的书籍里发见了医梅毒的药方；还有一位奥国的青年学者，我忘记了他的姓氏，做了一大本书，说女人和谎话是分不开的，然而他后来自杀了。我恐怕他自己正有神经病。

我想，与其说"女人讲谎话要比男人来得多"，不如说"女人被人指为'讲谎话要比男人来得多'的时候来得多"，但是，数目字的统计自然也没有。

譬如罢，关于杨妃，禄山之乱以后的文人就都撒着大谎，玄宗逍遥事外，倒说是许多坏事情都由她，敢说"不闻夏殷衰，中自诛褒妲"的有几个。就是妲己，褒姒，也还不是一样的事？女人的替自己和男人伏罪，真是太长远了。

今年是“妇女国货年”，振兴国货，也从妇女始。不久，是就要挨骂的，因为国货也未必因此有起色，然而一提倡，一责骂，男人们的责任也尽了。

记得某男士有为某女士鸣不平的诗道：“君王城上竖降旗，妾在深宫那得知？二十万人齐解甲，更无一个是男儿！”快哉快哉！

一九三四年一月八日

批评家的批评家

情势也转变得真快，去年以前，是批评家和非批评家都批评文学，自然，不满的居多，但说好的也有。去年以来，却变了文学家和非文学家都翻了一个身，转过来来批评批评家了。

这一回可是不大有人说好，最彻底的是不承认近来有真的批评家。即使承认，也大大的笑他们胡涂。为什么呢？因为他们往往用一个一定的圈子向作品上面套，合就好，不合就坏。

但是，我们曾经在文艺批评史上见过没有一定圈子的批评家吗？都有的，或者是美的圈，或者是真实的圈，或者是前进的圈。没有一定的圈子的批评家，那才是怪汉子呢。办杂志可以号称没有一定的圈子，而其实这正是圈子，是便于遮眼的变戏法的手巾。譬如一个编辑者是唯美主义者罢，他尽可以自说并无定见，单在书籍评论上，就足够玩把戏。倘是一种所谓“为艺术的艺术”的作品，合于自己的私意的，他就选登一篇赞成这种主义的批评，或读后感，捧着它上天；要不然，就用一篇假急进的好象非常革命的批评家的文章，捺它到地里去。读者这就被迷了眼。但在个人，如果还有一点记性，却不能这么两端的，他须有一定的圈子。我们不能责备他有圈子，我们只能批评他这圈子对不对。

然而批评家的批评家会引出张献忠考秀才的古典来：先在两柱之间横系一条绳子，叫应考的走过去，太高的杀，太矮的也杀，于是杀光了蜀中的英才。这么一比，有定见的批评家即等于张献忠，真可以使读者发生满心的憎恨。但是，评文的圈，就是量人的绳吗？论文的合不合，就是量人的长短吗？引出这例子来的，是诬陷，更不是什么批评。

一九三四年一月十七日

北人与南人

这是看了“京派”与“海派”的议论之后，牵连想到的——

北人的卑视南人，已经是一种传统。这也并非因为风俗习惯的不同，我想，那大原因，是在历来的侵入者多从北方来，先征服中国之北部，又携了北人南征，所以南人在北人的眼中，也是被征服者。

二陆入晋，北方人士在欢欣之中，分明带着轻薄，举证太烦，姑且不谈罢。容易看的是，羊衒之的《洛阳伽蓝记》中，就常诋南人，并不视为同类。至于元，则人民截然分为四等，一蒙古人，二色目人，三汉人即北人，第四等才是南人，因为他是最后投降的一伙。最后投降，从这边说，是矢尽援绝，这才罢战的南方之强，从那边说，却是不识顺逆，久梗王师的贼。孑遗自然还是投降的，然而为奴隶的资格因此就最浅，因为浅，所以班次就最下，谁都不妨加以卑视了。到清朝，又重理了这一篇账，至今还流衍着余波；如果此后的历史是不再回旋的，那真不独是南人的如天之福。

当然，南人是有缺点的。权贵南迁，就带了腐败颓废的风气来，北方倒反而干净。性情也不同，有缺点，也有特长，正如北人的兼具二者一样。据我所见，北人的优点是厚重，南人的优点是机灵。但厚重之弊也愚，机灵之弊也狡，所以某先生曾经指出缺点道：北方人是“饱食终日，无所用心”；南方人是“群居终日，言不及义”。就有闲阶级而言，我以为大体是的确的。

缺点可以改正，优点可以相师。相书上有一条说，北人南相，南人北相者贵。我看这并不是妄语。北人南相者，是厚重而又机灵，南人北相者，不消说是机灵而又能厚重。昔人之所谓“贵”，不过是当时的成功，在现在，那就是做成有益的事业了。这是中国人的一种小小的自新之路。

不过做文章的是南人多，北方却受了影响。北京的报纸上，油嘴滑舌，吞吞吐吐，顾影自怜的文字不是比六七年前多了吗？这倘和北方固有的“贫嘴”一结婚，产生出来的一定是一种不祥的新劣种！

一九三四年一月三十日

古人并不纯厚

老辈往往说：古人比今人纯厚，心好，寿长。我先前也有些相信，现在这信仰可是动摇了。达赖啦嘛总该比平常人心好，虽然“不幸短命死矣”，但广州开的耆英会，却明明收集过一大批寿翁寿媪，活了一百零六岁的老太太还能穿针，有照片为证。

古今的心的好坏，较为难以比较，只好求教于诗文。古之诗人，是有名的“温柔敦厚”的，而有的竟说：“时日曷丧，予及汝偕亡!”你看够多么恶毒?更奇怪的是孔子“校阅”之后，竟没有删，还说什么“诗三百，一言以蔽之，曰：思无邪”哩，好像圣人也并不以为可恶。

还有现存的最通行的《文选》，听说如果青年作家要丰富语汇，或描写建筑，是总得看它的，但我们倘一调查里面的作家，却至少有一半不得好死，当然，就因为心不好。经昭明太子一挑选，固然好象变成语汇祖师了，但在那时，恐怕还有个人的主张，偏激的文字。否则，这人是不传的，试翻唐以前的史上的文苑传，大抵是禀承意旨，草檄作颂的人，然而那些作者的文章，流传至今者偏偏少得很。

由此看来，翻印整部的古书，也就不无危险了。近来偶尔看见一部石印的《平斋文集》，作者，宋人也，不可谓之不古，但其诗就不可为训。如咏《狐鼠》云："狐鼠擅一窟，虎蛇行九逵，不论天有眼，但管地无皮……。"又咏《荆公》云："养就祸胎身始去，依然钟阜向人青。"那指斥当路的口气，就为今人所看不惯。"八大家"中的欧阳修，是不能算作偏激的文学家的罢，然而那《读李翱文》中却有云："呜呼，在位而不肯自忧，又禁它人使皆不得忧，可叹也夫!"也就悻悻得很。

但是，经后人一番选择，却就纯厚起来了。后人能使古人纯厚，则比古人更为纯厚也可见。清朝曾有钦定的《唐宋文醇》和《唐宋诗醇》，便是由皇帝将古人做得纯厚的好标本，不久也许会有人翻印，以"挽狂澜于既倒"的。

一九三四年四月十五日

朋　友

我在小学的时候，看同学们变小戏法，“耳中听字”呀，“纸人出血”呀，很以为有趣。庙会时就有传授这些戏法的人，几枚铜元一件，学得来时，倒从此索然无味了。进中学是在城里，于是兴致勃勃的看大戏法，但后来有人告诉了我戏法的秘密，我就不再高兴走近圈子的旁边。去年到上海来，才又得到消遣无聊的处所，那便是看电影。

但不久就在书上看到一点电影片子的制造法，知道了看去好象千丈悬崖者，其实离地不过几尺，奇禽怪兽，无非是纸做的。这使我从此不很觉得电影的神奇，倒往往只留心它的破绽，自己也无聊起来，第三回失掉了消遣无聊的处所。有时候，还自悔去看那一本书，甚至于恨到那作者不该写出制造法来了。

暴露者揭发种种隐秘，自以为有益于人们，然而无聊的人，为消遣无聊计，是甘于受欺，并且安于自欺的，否则就更无聊赖。因为这，所以使戏法长存于天地之间，也所以使暴露幽暗不但为欺人者所深恶，亦且为被欺者所深恶。

暴露者只在有为的人们中有益，在无聊的人们中便要灭亡。自救之道，只在虽知一切隐秘，却不动声色，帮同欺人，欺那自甘受欺的无聊的人们，任它无聊的戏法一套一套的，终于反反复复的变下去。周围是总有这些人会看的。

变戏法的时时拱手道："……出家靠朋友！"有几分就是对着明白戏法的底细者而发的，为的是要他不来戳穿西洋镜。

"朋友，以义合者也"，但我们向来常常不作如此解。

一九三四年四月二十二日

清明时节

清明时节，是扫墓的时节，有的要进关内来祭祖，有的是到陕西去上坟，或则激论沸天，或则欢声动地，真好象上坟可以亡国，也可以救国似的。

坟有这么大关系，那么，掘坟当然是要不得的了。

元朝的国师八合思巴罢，他就深相信掘坟的利害。他掘开宋陵，要把人骨和猪狗骨同埋在一起，以使宋室倒楣。后来幸而给一位义士盗走了，没有达到目的，然而宋朝还是亡。曹操设了“摸金校尉”之类的职员，专门盗墓，他的儿子却做了皇帝，自己竟被谥为“武帝”，好不威风。这样看来，死人的安危，和生人的祸福，又仿佛没有关系似的。

相传曹操怕死后被人掘坟，造了七十二疑冢，令人无从下手。于是后之诗人曰：“遍掘七十二疑冢，必有一冢葬君尸。”于是后之论者又曰：阿瞒老奸巨猾，安知其尸实不在此七十二冢之内乎。真是没有法子想。

阿瞒虽是老奸巨猾，我想，疑冢之流倒未必安排的，不过古来的冢墓，却大抵被发掘者居多，冢中人的主名，的确者也很少，洛阳邙山，清末掘墓者极多，虽在名公巨卿的墓中，所得也大抵是一块志石和凌乱的陶器，大约并非原没有贵重的殉葬品，乃是早经有人掘过，拿走了，什么时候呢，无从知道。总之是葬后以至清末的偷掘那一天之间罢。

至于墓中人究竟是什么人，非掘后往往不知道。即使有相传的主名的，也大抵靠不住。中国人一向喜欢造些和大人物相关的名胜，石门有“子路止宿处”，泰山上有“孔子小天下处”；一个小山洞，是埋着大禹，几堆大土堆，便葬着文武和周公。

如果扫墓的确可以救国，那么，扫就要扫得真确，要扫文武周公的陵，不要扫着别人的土包子，还得查考自己是否周朝的子孙。于是乎要有考古的工作，就是掘开坟来，看看有无葬着文王武王周公旦的证据，如果有遗骨，还可照《洗冤录》的方法来滴血。但是，这又和扫墓救国说相反，很伤孝子顺孙的心了。不得已，就只好闭了眼睛，硬着头皮，乱拜一阵。

“非其鬼而祭之，谄也！”单是扫墓救国术没有灵验，还不过是一个小笑话而已。

一九三四年四月二十六日

读几本书

读死书会变成书呆子，甚至于成为书厨，早有人反对过了，时光不绝的进行，反读书的思潮也愈加彻底，于是有人来反对读任何一种书。他的根据是叔本华的老话，说是倘读别人的著作，不过是在自己的脑里给作者跑马。

这对于读死书的人们，确是一下当头棒，但为了与其探究，不如跳舞，或者空暴躁，瞎牢骚的天才起见，却也是一句值得绍介的金言。不过要明白：死抱住这句金言的天才，他的脑里却正被叔本华跑了一趟马，踏得一塌胡涂了。

现在是批评家在发牢骚，因为没有较好的作品；创作家也在发牢骚，因为没有正确的批评。张二说李四的作品是象征主义，于是李四也自以为是象征主义，读者当然更以为是象征主义。然而怎样是象征主义呢？向来就没有弄分明，只好就用李四的作品为证。所以中国之所谓象征主义，和别国之所谓Symbolism是不一样的，虽然前者其实是后者的译语，然而听说梅特林是象征派的作家，于是李四就成为中国的梅特林了。

此外中国的法朗士，中国的白璧德，中国的吉尔波丁，中国的高尔基……还多得很。然而真的法朗士他们的作品的译本，在中国却少得很。莫非因为都有了“国货”的缘故吗？

在中国的文坛上，有几个国货文人的寿命也真太长；而洋货文人的可也真太短，姓名刚刚记熟，据说是已经过去了。易卜生大有出全集之意，但至今不见第三本；柴霍甫和莫泊桑的选集，也似乎走了虎头蛇尾运。但在我们所深恶痛疾的日本，《吉诃德先生》和《一千一夜》是有全译的；沙士比亚，歌德，……都有全集；托尔斯泰的有三种，陀思妥也夫斯基的有两种。

读死书是害己，一开口就害人；但不读书也并不见得好。至少，譬如要批评托尔斯泰，则他的作品是必得看几本的。自然，现在是国难时期，那有工夫译这些书，看这些书呢，但我所提议的是向着只在暴躁和牢骚的大人物，并非对于正在赴难或“卧薪尝胆”的英雄。因为有些人物，是即使不读书，也不过玩着，并不去赴难的。

一九三四年五月十四日

一思而行

只要并不是靠这来解决国政，布置战争，在朋友之间，说几句幽默，彼此莞尔而笑，我看是无关大体的。就是革命专家，有时也要负手散步；理学先生总不免有儿女，在证明着他并非日日夜夜，道貌永远的俨然。小品文大约在将来也还可以存在于文坛，只是以“闲适”为主，却稍嫌不够。

人间世事，恨和尚往往就恨袈裟。幽默和小品的开初，人们何尝有贰话。然而轰的一声，天下无不幽默和小品，幽默那有这许多，于是幽默就是滑稽，滑稽就是说笑话，说笑话就是讽刺，讽刺就是漫骂。油腔滑调，幽默也；“天朗气清”，小品也；看郑板桥《道情》一遍，谈幽默十天，买袁中郎尺牍半本，作小品一卷。有些人既有以此起家之势，势必有想反此以名世之人，于是轰然一声，天下又无不骂幽默和小品。其实，则趁队起哄之士，今年也和去年一样，数不在少的。

手拿黑漆皮灯笼，彼此都莫名其妙。总之，一个名词归化中国，不久就弄成一团糟。伟人，先前是算好称呼的，现在则受之者已等于被骂；学者和教授，前两三年还是干净的名称；自爱者闻文学家之称而逃，今年已经开始了第一步。但是，世界上真的没有实在的伟人，实在的学者和教授，实在的文学家吗？并不然，只有中国是例外。

假使有一个人，在路旁吐一口唾沫，自己蹲下去，看着，不久准可以围满一堆人；又假使又有一个人，无端大叫一声，拔步便跑，同时准可以大家都逃散。真不知是“何所闻而来，何所见而去”，然而又心怀不满，骂他的莫名其妙的对象曰“妈的”！但是，那吐唾沫和大叫一声的人，归根结蒂还是大人物。当然，沉着切实的人们是有的。不过伟人等等之名之被尊视或鄙弃，大抵总只是做唾沫的替代品而已。

社会仗这添些热闹，是值得感谢的。但在乌合之前想一想，在云散之前也想一想，社会未必就冷静了，可是还要象样一点点。

一九三四年五月十四日

偶感

还记得东三省沦亡，上海打仗的时候，在只闻炮声，不愁炮弹的马路上，处处卖着《推背图》，这可见人们早想归失败之故于前定了。三年以后，华北华南，同濒危急，而上海却出现了“碟仙”。前者所关心的还是国运，后者却只在问试题，奖券，亡魂。着眼的大小，固已迥不相同，而名目则更加冠冕，因为这“灵乩”是中国的“留德学生白同君所发明”，合于“科学”的。

“科学救国”已经叫了近十年，谁都知道这是很对的，并非“跳舞救国”“拜佛救国”之比。青年出国去学科学者有之，博士学了科学回国者有之。不料中国究竟自有其文明，与日本是两样的，科学不但并不足以补中国文化之不足，却更加证明了中国文化之高深。风水，是合于地理学的，门阀，是合于优生学的，炼丹，是合于化学的，放风筝，是合于卫生学的。“灵乩”的合于“科学”，亦不过其一而已。

五四时代，陈大齐先生曾作论揭发过扶乩的骗人，隔了十六年，白同先生却用碟子证明了扶乩的合理，这真叫人从那里说起。

而且科学不但更加证明了中国文化的高深，还帮助了中国文化的光大。麻将桌边，电灯替代了蜡烛，法会坛上，镁光照出了喇嘛，无线电播音所日日传播的，不往往是《狸猫换太子》，《玉堂春》，《谢谢毛毛雨》吗？

老子曰："为之斗斛以量之，则并与斗斛而窃之。"罗兰夫人曰："自由自由，多少罪恶，假汝之名以行！"每一新制度，新学术，新名词，传入中国，便如落在黑色染缸，立刻乌黑一团，化为济私助焰之具，科学，亦不过其一而已。

此弊不去，中国是无药可救的。

一九三四年五月二十日

倒 提

西洋的慈善家是怕看虐待动物的，倒提着鸡鸭走过租界就要办。所谓办，虽然也不过是罚钱，只要舍得出钱，也还可以倒提一下，然而究竟是办了。于是有几位华人便大鸣不平，以为西洋人优待动物，虐待华人，至于比不上鸡鸭。

这其实是误解了西洋人。他们鄙夷我们，是的确的，但并未放在动物之下。自然，鸡鸭这东西，无论如何，总不过送进厨房，做成大菜而已，即顺提也何补于归根结蒂的运命。然而它不能言语，不会抵抗，又何必加以无益的虐待呢？西洋人是什么都讲有益的。我们的古人，人民的“倒悬”之苦是想到的了，而且也实在形容得切帖，不过还没有察出鸡鸭的倒提之灾来，然而对于什么“生封驴肉”“活烤鹅掌”这些无聊的残虐，却早经在文章里加以攻击了。这种心思，是东西之所同具的。

但对于人的心思，却似乎有些不同。人能组织，能反抗，能为奴，也能为主，不肯努力，固然可以永沦为舆台，自由解放，便能够获得彼此的平等，那运命是并不一定终于送进厨房，做成大菜的。愈下劣者，愈得主人的爱怜，所以西崽打叭儿，则西崽被斥，平人忤西崽，则平人获咎，租界上并无禁止苛待华人的规律，正因为我们该自有力量，自有本领，和鸡鸭绝不相同的缘故。

然而我们从古典里，听熟了仁人义士，来解倒悬的胡说了，直到现在，还不免总在想从天上或什么高处远处掉下一点恩典来，其甚者竟以为“莫作乱离人，宁为太平犬”，不妨变狗，而合群改革是不肯的。自叹不如租界的鸡鸭者，也正有这气味。

这类的人物一多，倒是大家要被倒悬的，而且虽在送往厨房的时候，也无人暂时解救。这就因为我们究竟是人，然而是没出息的人的缘故。

一九三四年六月三日

玩 具

今年是儿童年。我记得的，所以时常看看造给儿童的玩具。

马路旁边的洋货店里挂着零星小物件，纸上标明，是从法国运来的，但我在日本的玩具店看见一样的货色，只是价钱更便宜。在担子上，在小摊上，都卖着渐吹渐大的橡皮泡，上面打着一个印子道："完全国货"，可见是中国自己制造的了。然而日本孩子玩着的橡皮泡上，也有同样的印子，那却应该是他们自己制造的。

大公司里则有武器的玩具：指挥刀，机关枪，坦克车……。然而，虽是有钱人家的小孩，拿着玩的也少见。公园里面，外国孩子聚沙成为圆堆，横插上两条短树干，这明明是在创造铁甲炮车了，而中国孩子是青白的，瘦瘦的脸，躲在大人的背后，羞怯的，惊异的看着，身上穿着一件斯文之极的长衫。

我们中国是大人用的玩具多：姨太太，雅片枪，麻雀牌，《毛毛雨》，科学灵乩，金刚法会，还有别的，忙个不了，没有工夫想到孩子身上去了。虽是儿童年，虽是前年身历了战祸，也没有因此给儿童创出一种纪念的小玩意，一切都是照样抄。然则明年不是儿童年了，那情形就可想。

但是，江北人却是制造玩具的天才。他们用两个长短不同的竹筒，染成红绿，连作一排，筒内藏一个弹簧，旁边有一个把手，摇起来就格格的响。这就是机关枪！也是我所见的惟一的创作。我在租界边上买了一个，和孩子摇着在路上走，文明的西洋人和胜利的日本人看见了，大抵投给我们一个鄙夷或悲悯的苦笑。

然而我们摇着在路上走，毫不愧恧，因为这是创作。前年以来，很有些人骂着江北人，好像非此不足以自显其高洁，现在沉默了，那高洁也就渺渺然，茫茫然。而江北人却创造了粗笨的机枪玩具，以坚强的自信和质朴的才能与文明的玩具争。他们，我以为是比从外国买了极新式的武器回来的人物，更其值得赞颂的，虽然也许又有人会因此给我一个鄙夷或悲悯的冷笑。

一九三四年六月十一日

未来的光荣

现在几乎每年总有外国的文学家到中国来，一到中国，总惹出一点小乱子。前有萧伯纳，后有德哥派拉；只有伐扬古久列，大家不愿提，或者不能提。

德哥派拉不谈政治，本以为可以跳在是非圈外的了，不料因为恭维了食与色，又挣得"外国文氓"的恶谥，让我们的论客，在这里议论纷纷。他大约就要做小说去了。

鼻子生得平而小，没有欧洲人那么高峻，那是没有法子的，然而倘使我们身边有几角钱，却一样的可以看电影。侦探片子演厌了，爱情片子烂熟了，战争片子看腻了，滑稽片子无聊了，于是乎有《人猿泰山》，有《兽林怪人》，有《斐洲探险》等等，要野兽和野蛮登场。然而在蛮地中，也还一定要穿插一点蛮婆子的蛮曲线。如果我们也还爱看，那就可见无论怎样奚落，也还是有些恋恋不舍的了，"性"之于市侩，是很要紧的。

文学在西欧，其碰壁和电影也并不两样；有些所谓文学家也者，也得找寻些奇特的（grotesque），色情的（erotic）东西，去给他们的主顾满足，因此就有探险式的旅行，目的倒并不在地主的打拱或请酒。然而倘遇呆问，则以笑话了之，他其实也知道不了这些，他也不必知道。德哥派拉不过是这些人们中的一人。

但中国人，在这类文学家的作品里，是要和各种所谓“土人”一同登场的，只要看报上所载的德哥派拉先生的路由单就知道——中国，南洋，南美。英，德之类太平常了。我们要觉悟着被描写，还要觉悟着被描写的光荣还要多起来，还要觉悟着将来会有人以有这样的事为有趣。

一九三四年一月八日

算　账

说起清代的学术来，有几位学者总是眉飞色舞，说那发达是为前代所未有的。证据也真够十足：解经的大作，层出不穷，小学也非常的进步；史论家虽然绝迹了，考史家却不少；尤其是考据之学，给我们明白了宋明人决没有看懂的古书……

但说起来可又有些踌躇，怕英雄也许会因此指定我是犹太人，其实，并不是的。我每遇到学者谈起清代的学术时，总不免同时想："扬州十日"，"嘉定三屠"这些小事情，不提也好罢，但失去全国的土地，大家十足做了二百五十年奴隶，却换得这几页光荣的学术史，这买卖，究竟是赚了利，还是折了本呢？

可惜我又不是数学家，到底没有弄清楚。但我直觉的感到，这恐怕是折了本，比用庚子赔款来养成几位有限的学者，亏累得多了。

但恐怕这又不过是俗见。学者的见解，是超然于得失之外的。虽然超然于得失之外，利害大小之辨却又似乎并非全没有。

大莫大于尊孔，要莫要于崇儒，所以只要尊孔而崇儒，便不妨向任何新朝俯首。对新朝的说法，就叫作“反过来征服中国民族的心”。

而这中国民族的有些心，真也被征服得彻底，到现在，还在用兵燹，疠疫，水旱，风蝗，换取着孔庙重修，雷峰塔再建，男女同行犯忌，四库珍本发行这些大门面。

我也并非不知道灾害不过暂时，如果没有记录，到明年就会大家不提起，然而光荣的事业却是永久的。但是，不知怎地，我虽然并非犹太人，却总有些喜欢讲损益，想大家来算一算向来没有人提起过的这一笔账。——而且，现在也正是这时候了。

一九三四年七月十七日

看书琐记

看书琐记（一）

高尔基很惊服巴尔札克小说里写对话的巧妙，以为并不描写人物的模样，却能使读者看了对话，便好像目睹了说话的那些人。（八月份《文学》内《我的文学修养》）

中国还没有那样好手段的小说家，但《水浒》和《红楼梦》的有些地方，是能使读者由说话看出人来的。其实，这也并非什么奇特的事情，在上海的弄堂里，租一间小房子住着的人，就时时可以体验到。他和周围的住户，是不一定见过面的，但只隔一层薄板壁，所以有些人家的眷属和客人的谈话，尤其是高声的谈话，都大略可以听到，久而久之，就知道那里有那些人，而且仿佛觉得那些人是怎样的人了。

如果删除了不必要之点，只摘出各人的有特色的谈话来，我想，就可以使别人从谈话里推见每个说话的人物。但我并不是说，这就成了中国的巴尔札克。

作者用对话表现人物的时候，恐怕在他自己的心目中，是存在着这人物的模样的，于是传给读者，使读者的心目中也形成了这人物的模样。但读者所推见的人物，却并不一定和作者所设想的相同，巴尔札克的小胡须的清瘦老人，到了高尔基的头里，也许变了粗蛮壮大的络腮胡子。不过那性格，言动，一定有些类似，大致不差，恰如将法文翻成了俄文一样。要不然，文学这东西便没有普遍性了。

文学虽然有普遍性，但因读者的体验的不同而有变化，读者倘没有类似的体验，它也就失去了效力。譬如我们看《红楼梦》，从文字上推见了林黛玉这一个人，但须排除了梅博士的“黛玉葬花”照相的先入之见，另外想一个，那么，恐怕会想到剪头发，穿印度绸衫，清瘦，寂寞的摩登女郎；或者别的什么模样，我不能断定。但试去和三四十年前出版的《红楼梦图咏》之类里面的画像比一比罢，一定是截然两样的，那上面所画的，是那时的读者的心目中的林黛玉。

文学有普遍性，但有界限；也有较为永久的，但因读者的社会体验而生变化。北极的遏斯吉摩人和菲洲腹地的黑人，我以为是不会懂得“林黛玉型”的；健全而合理的好社会中人，也将不能懂得，他们大约要比我们的听讲始皇焚书，黄巢杀人更其隔膜。一有变化，即非永久，说文学独有仙骨，是做梦的人们的梦话。（一九三四年八月六日）

看书琐记（二）

就在同时代，同国度里，说话也会彼此说不通的。

巴比塞有一篇很有意思的短篇小说，叫作《本国话和外国话》，记的是法国的一个阔人家里招待了欧战中出死入生的三个兵，小姐出来招呼了，但无话可说，勉勉强强的说了几句，他们也无话可答，倒只觉坐在阔房间里，小心得骨头疼。直到溜回自己的“猪窠”里，他们这才遍身舒齐，有说有笑，并且在德国俘虏里，由手势发见了说他们的“我们的话”的人。

因了这经验，有一个兵便模模胡胡的想：“这世间有两个世界。一个是战争的世界。别一个是有着保险箱门一般的门，礼拜堂一般干净的厨房，漂亮的房子的世界。完全是另外的世界。另外的国度。那里面，住着古怪想头的外国人。”

那小姐后来就对一位绅士说的是：“和他们是连话都谈不来的。好象他们和我们之间，是有着跳不过的深渊似的。”

其实，这也无须小姐和兵们是这样。就是我们——算作“封建余孽”或“买办”或别的什么而论都可以——和几乎同类的人，只要什么地方有些不同，又得心口如一，就往往免不了彼此无话可说。不过我们中国人是聪明的，有些人早已发明了一种万应灵药，就是“今天天气……哈哈哈！”倘是宴会，就只猜拳，不发议论。

这样看来，文学要普遍而且永久，恐怕实在有些艰难。“今天天气……哈哈哈!”虽然有些普遍，但能否永久，却很可疑，而且也不大像文学。于是高超的文学家便自己定了一条规则，将不懂他的“文学”的人们，都推出“人类”之外，以保持其普遍性。文学还有别的性，他是不肯说破的，因此也只好用这手段。然而这么一来，“文学”存在，“人”却不多了。

于是而据说文学愈高超，懂得的人就愈少，高超之极，那普遍性和永久性便只汇集于作者一个人。然而文学家却又悲哀起来，说是吐血了，这真是没有法子想。（一九三四年八月六日）

看书琐记（三）

创作家大抵憎恶批评家的七嘴八舌。

记得有一位诗人说过这样的话：诗人要做诗，就如植物要开花，因为他非开不可的缘故。如果你摘去吃了，即使中了毒，也是你自己错。

这比喻很美，也仿佛很有道理的。但再一想，却也有错误。错的是诗人究竟不是一株草，还是社会里的一个人；况且诗集是卖钱的，何尝可以白摘。一卖钱，这就是商品，买主也有了说好说歹的权利了。

即使真是花罢，倘不是开在深山幽谷，人迹不到之处，如果有毒，那是园丁之流就要想法的。花的事实，也并不如诗人的空想。

现在可是换了一个说法了，连并非作者，也憎恶了批评家，他们里有的说道：你这么会说，那么，你倒来做一篇试试看！

这真要使批评家抱头鼠窜。因为批评家兼能创作的人，向来是很少的。

我想，作家和批评家的关系，颇有些像厨司和食客。厨司做出一味食品来，食客就要说话，或是好，或是歹。厨司如果觉得不公平，可以看看他是否神经病，是否厚舌苔，是否挟夙嫌，是否想赖账。或者他是否广东人，想吃蛇肉；是否四川人，还要辣椒。于是提出解说或抗议来——自然，一声不响也可以。但是，倘若他对着客人大叫道："那么，你去做一碗来给我吃吃看！"那却未免有些可笑了。

诚然，四五年前，用笔的人以为一做批评家，便可以高踞文坛，所以速成和乱评的也不少，但要矫正这风气，是须用批评的批评的，只在批评家这名目上，涂上烂泥，并不是好办法。不过我们的读书界，是爱平和的多，一见笔战，便是什么"文坛的悲观"呀，"文人相轻"呀，甚至于不问是非，统谓之"互骂"，指为"漆黑一团糟"。果然，现在是听不见说谁是批评家了。但文坛呢，依然如故，不过它不再露出来。

文艺必须有批评；批评如果不对了，就得用批评来抗争，这才能够使文艺和批评一同前进，如果一律掩住嘴，算是文坛已经干净，那所得的结果倒是要相反的。（一九三四年八月二十二日）

奇　怪

奇怪（一）

世界上有许多事实，不看记载，是天才也想不到的。非洲有一种土人，男女的避忌严得很，连女婿遇见丈母娘，也得伏在地上，而且还不够，必须将脸埋进土里去。这真是虽是我们礼义之邦的“男女七岁不同席”的古人，也万万比不上的。

这样看来，我们的古人对于分隔男女的设计，也还不免是低能儿；现在总跳不出古人的圈子，更是低能之至。不同泳，不同行，不同食，不同做电影，都只是“不同席”的演义。低能透顶的是还没有想到男女同吸着相通的空气，从这个男人的鼻孔里呼出来，又被那个女人从鼻孔里吸进去，淆乱乾坤，实在比海水只触着皮肤更为严重。对于这一个严重问题倘没有办法，男女的界限就永远分不清。

我想，这只好用“西法”了。西法虽非国粹，有时却能够帮助国粹的。例如无线电播音，是摩登的东西，但早晨有和尚念经，却不坏；汽车固然是洋货，坐着去打麻将，却总比坐绿呢大轿，好半天才到的打得多几圈。以此类推，防止男女同吸空气就可以用防毒面具，各背一个箱，将养气由管子通到自己的鼻孔里，既免抛头露面，又兼防空演习，也就是“中学为体，西学为用”。凯末尔将军治国以前的土耳其女人的面幕，这回可也万万比不上了。

假使现在有一个英国的斯惠夫德似的人，做一部《格利佛游记》那样的讽刺的小说，说在二十世纪中，到了一个文明的国度，看见一群人在烧香拜龙，作法求雨，赏鉴“胖女”，禁杀乌龟；又一群人在正正经经的研究古代舞法，主张男女分途，以及女人的腿应该不许其露出。那么，远处，或是将来的人，恐怕大抵要以为这是作者贫嘴薄舌，随意捏造，以挖苦他所不满的人们的罢。

然而这的确是事实。倘没有这样的事实，大约无论怎样刻薄的天才作家也想不到的。幻想总不能怎样的出奇，所以人们看见了有些事，就有叫作“奇怪”这一句话。（一九三四年八月十四日）

奇怪（二）

尤墨君先生以教师的资格参加着讨论大众语，那意见是极该看重的。他主张“使中学生练习大众语”，还举出“中学生作文最喜用而又最误用的许多时髦字眼”来，说“最好叫他们不要用”，待他们将来能够辨别时再说，因为是与其“食新不化，何如禁用于先”的。现在摘一点所举的“时髦字眼”在这里——

> 共鸣　对象　气压　温度　结晶　彻底　趋势　理智　现实　下意识　相对性　绝对性　纵剖面　横剖面　死亡率……（《新语林》三期）

但是我很奇怪。

那些字眼，几乎算不得“时髦字眼”了。如“对象”“现实”等，只要看看书报的人，就时常遇见，一常见，就会比较而得其意义，恰如孩子懂话，并不依靠文法教科书一样；何况在学校中，还有教员的指点。至于“温度”“结晶”“纵剖面”“横剖面”等，也是科学上的名词，中学的物理学矿物学植物学教科书里就有，和用于国文上的意义并无不同。现在竟“最误用”，莫非自己既不思索，教师也未给指点，而且连别的科学也一样的模胡吗？

那么，单是中途学了大众语，也不过是一位中学出身的速成大众，于大众有什么用处呢？大众的需要中学生，是因为他教育程度比较的高，能够给大家开拓知识，增加语汇，能解明的就解明，该新添的就新添；他对于“对象”等等的界说，就先要弄明白，当必要时，有方言可以替代，就译换，倘没有，便教给这新名词，并且说明这意义。如果大众语既是半路出家，新名词也还不很明白，这“落伍”可真是“彻底”了。

我想，为大众而练习大众语，倒是不该禁用那些“时髦字眼”的，最要紧的是教给他定义，教师对于中学生，和将来中学生的对于大众一样。譬如“纵断面”和“横断面”，解作“直切面”和“横切面”，就容易懂；倘说就是“横锯面”和“直锯面”，那么，连木匠学徒也明白了，无须识字。禁，是不好的，他们中有些人将永远模胡，“因为中学生不一定个个能升入大学而实现其做文豪或学者的理想的”。（一九三四年八月十四日）

奇怪（三）

“中国第一流作家”叶灵凤和穆时英两位先生编辑的《文艺画报》的大广告，在报上早经看见了。半个多月之后，才在店头看见这“画报”。既然是“画报”，看的人就自然也存着看“画报”的心，首先来看“画”。

不看还好，一看，可就奇怪了。

戴平万先生的《沈阳之旅》里，有三幅插图有些像日本人的手笔，记了一记，哦，原来是日本杂志店里，曾经见过的在《战争版画集》里的料治朝鸣的木刻，是为记念他们在奉天的战胜而作的，日本记念他对中国的战胜的作品，却就是被战胜国的作者的作品的插图——奇怪一。

再翻下去是穆时英先生的《墨绿衫的小姐》里，有三幅插画有些像麦绥莱勒的手笔，黑白分明，我曾从良友公司翻印的四本小书里记得了他的作法，而这回的木刻上的署名，也明明是FM两个字。莫非我们“中国第一流作家”的这作品，是豫先翻成法文，托麦绥莱勒刻了插画来的吗？——奇怪二。

这回是文字，《世界文坛了望台》了。开头就说，“法国的龚果尔奖金，去年出人意外地（白注：可恨!）颁给了一部以中国作题材的小说《人的命运》，它的作者是安得烈马尔路”，但是，“或者由于立场的关系，这书在文字上总是受着赞美，而在内容上却一致的被一般报纸评论攻击，好像惋惜像马尔路这样才干的作家，何必也将文艺当作了宣传的工具”云。这样一“了望”，“好像”法国的为龚果尔奖金审查文学作品的人的“立场”，乃是赞成“将文艺当作了宣传工具”的了——奇怪三。

不过也许这只是我自己的“少见多怪”，别人倒并不如此的。先前的“见怪者”，说是“见怪不怪，其怪自败”，现在的“怪”却早已声明着，叫你“见莫怪”了。开卷就有《编者随笔》在——

> “只是每期供给一点并不怎样沉重的文字和图画，使对于文艺有兴趣的读者能醒一醒被其他严重的问题所疲倦了的眼睛，或者破颜一笑，只是如此而已。”

原来“中国第一流作家”的玩着先前活剥“琵亚词侣”，今年生吞麦绥莱勒的小玩艺，是在大才小用，不过要给人“醒一醒被其他严重的问题所疲倦了的眼睛，或者破颜一笑”。如果再从这醒眼的“文艺画”上又发生了问题，虽然并不“严重”，不是究竟也辜负了两位“中国第一流作家”献技的苦心吗？

那么，我也来“破颜一笑”吧——

哈！

一九三四年十月二十五日

汉字和拉丁化

反对大众语文的人，对主张者得意地命令道：“拿出货色来看！”一面也有这样的老实人，毫不问他是诚意，还是寻开心，立刻拼命的来做标本。

由读书人来提倡大众语，当然比提倡白话困难。因为提倡白话时，好好坏坏，用的总算是白话，现在提倡大众语的文章却大抵不是大众语。但是，反对者是没有发命令的权利的。虽是一个残废人，倘在主张健康运动，他绝对没有错；如果提倡缠足，则即使是天足的壮健的女性，她还是在有意的或无意的害人。美国的水果大王，只为改良一种水果，尚且要费十来年的工夫，何况是问题大得多多的大众语。倘若就用他的矛去攻他的盾，那么，反对者该是赞成文言或白话的了，文言有几千年的历史，白话有近二十年的历史，他也拿出他的“货色”来给大家看看罢。

但是，我们也不妨自己来试验，在《动向》上，就已经有过三篇纯用土话的文章，胡绳先生看了之后，却以为还是非土话所写的句子来得清楚。其实，只要下一番工夫，是无论用什么土话写，都可以懂得的。据我个人的经验，我们那里的土话，和苏州很不同，但一部《海上花列传》，却教我“足不出户”的懂了苏白。先是不懂，硬着头皮看下去，参照记事，比较对话，后来就都懂了。自然，很困难。这困难的根，我以为就在汉字。每一个方块汉字，是都有它的意义的，现在用它来照样的写土话，有些是仍用本义的，有些却不过借音，于是我们看下去的时候，就得分析它那几个是用义，那几个是借音，惯了不打紧，开手却非常吃力了。

例如胡绳先生所举的例子，说“回到窝里向罢”也许会当作回到什么狗“窝”里去，反不如说“回到家里去”的清楚。那一句的病根就在汉字的“窝”字，实际上，恐怕是不该这么写法的。我们那里的乡下人，也叫“家里”作 Uwao－li，读书人去抄，也极容易写成“窝里”的，但我想，这 Uwao 其实是“屋下”两音的拼合，而又讹了一点，决不能用“窝”字随便来替代，如果只记下没有别的意义的音，就什么误解也不会有了。

大众语文的音数比文言和白话繁，如果还是用方块字来写，不但费脑力，也很费工夫，连纸墨都不经济。为了这方块的带病的遗产，我们的最大多数人，已经几千年做了文盲来殉难了，中国也弄到这模样，到别国已在人工造雨的时候，我们却还是拜蛇，迎神。如果大家还要活下去，我想：是只好请汉字来做我们的牺牲了。

现在只还有“书法拉丁化”的一条路。这和大众语文是分不开的。也还是从读书人首先试验起，先绍介过字母，拼法，然后写文章。开手是，像日本文那样，只留一点名词之类的汉字，而助词，感叹词，后来连形容词，动词也都用拉丁拼音写，那么，不但顺眼，对于了解也容易得远了。至于改作横行，那是当然的事。

这就是现在马上来实验，我以为也并不难。

不错，汉字是古代传下来的宝贝，但我们的祖先，比汉字还要古，所以我们更是古代传下来的宝贝。为汉字而牺牲我们，还是为我们而牺牲汉字呢？这是只要还没有丧心病狂的人，都能够马上回答的。

一九三四年八月二十三日

“莎士比亚”

严复提起过“狭斯丕尔”，一提便完；梁启超说过“莎士比亚”，也不见有人注意；田汉译了这人的一点作品，现在似乎不大流行了。到今年，可又有些“莎士比亚”“莎士比亚”起来，不但杜衡先生由他的作品证明了群众的盲目，连拜服约翰生博士的教授也来译马克思“牛克斯”的断片。为什么呢？将何为呢？

而且听说，连苏俄也要排演原本“莎士比亚”剧了。

不演还可，一要演，却就给施蛰存先生看出了“丑态”——

> “……苏俄最初是‘打倒莎士比亚’，后来是‘改编莎士比亚’，现在呢，不是要在戏剧季中‘排演原本莎士比亚’了吗？（而且还要梅兰芳去演《贵妃醉酒》呢！）这种以政治方策运用之于文学的丑态，岂不令人齿冷！”（《现代》五卷五期，施蛰存《我与文言文》。）

苏俄太远，演剧季的情形我还不了然，齿的冷暖，暂且听便罢。但梅兰芳和一个记者的谈话，登在《大晚报》的《火炬》上，却没有说要去演《贵妃醉酒》。

施先生自已说："我自有生以来三十年，除幼稚无知的时代以外，自信思想及言行都是一贯的。……"（同前）这当然非常之好。不过他所"言"的别人的"行"，却未必一致，或者是偶然也会不一致的，如《贵妃醉酒》，便是目前的好例。

其实梅兰芳还没有动身，施蛰存先生却已经指定他要在"无产阶级"面前赤膊洗澡。这么一来，他们岂但"逐渐沾染了资产阶级的'余毒'"而已呢，也要沾染中国的国粹了。他们的文学青年，将来要描写宫殿的时候，会在"《文选》与《庄子》"里寻"词汇"也未可料的。

但是，做《贵妃醉酒》固然使施先生"齿冷"，不做一下来凑趣，也使豫言家倒霉。两面都要不舒服，所以施先生又自已说："在文艺上，我一向是个孤独的人，我何敢多撄众怒？"（同前）

末一句是客气话，赞成施先生的其实并不少，要不然，能堂而皇之的在杂志上发表吗？——这"孤独"是很有价值的。

一九三四年九月二十日

中秋二愿

前几天真是“悲喜交集”。刚过了国历的九一八，就是“夏历”的“中秋赏月”，还有“海宁观潮”。因为海宁，就又有人来讲“乾隆皇帝是海宁陈阁老的儿子”了。这一个满洲“英明之主”，原来竟是中国人掉的包，好不阔气，而且福气。不折一兵，不费一矢，单靠生殖机关便革了命，真是绝顶便宜。

中国人是尊家族，尚血统的，但一面又喜欢和不相干的人们去攀亲，我真不知道是什么意思。从小以来，什么“乾隆是从我们汉人的陈家悄悄的抱去的”呀，“我们元朝是征服了欧洲的”呀之类，早听的耳朵里起茧了，不料到得现在，纸烟铺子的选举中国政界伟人投票，还是列成吉思汗为其中之一人；开发民智的报章，还在讲满洲的乾隆皇帝是陈阁老的儿子。

古时候，女人的确去和过番；在演剧里，也有男人招为番邦的驸马，占了便宜，做得津津有味。就是近事，自然也还有拜侠客做干爷，给富翁当赘婿，陡了起来的，不过这不能算是体面的事情。男子汉，大丈夫，还当别有所能，别有所志，自恃着智力和另外的体力。要不然，我真怕将来大家又大说一通日本人是徐福的子孙。

一愿：从此不再胡乱和别人去攀亲。

但竟有人给文学也攀起亲来了，他说女人的才力，会因与男性的肉体关系而受影响，并举欧洲的几个女作家，都有文人做情人来作证据。于是又有人来驳他，说这是弗洛伊特说，不可靠。其实这并不是弗洛伊特说，他不至于忘记梭格拉第太太全不懂哲学，托尔斯泰太太不会做文章这些反证的。况且世界文学史上，有多少中国所谓“父子作家”“夫妇作家”那些“肉麻当有趣”的人物在里面？因为文学和梅毒不同，并无霉菌，决不会由性交传给对手的。至于有“诗人”在钓一个女人，先捧之为“女诗人”，那是一种讨好的手段，并非他真传染给她了诗才。

二愿：从此眼光离开脐下三寸。

一九三四年九月二十五日

考场三丑

古时候，考试八股的时候，有三样卷子，考生是很失面子的，后来改考策论了，恐怕也还是这样子。第一样是“缴白卷”，只写上题目，做不出文章，或者简直连题目也不写。然而这最干净，因为别的再没有什么枝节了。第二样是“钞刊文”，他先已有了侥幸之心，读熟或带进些刊本的八股去，倘或题目相合，便即照钞，想瞒过考官的眼。品行当然比“缴白卷”的差了，但文章大抵是好的，所以也没有什么另外的枝节。第三样，最坏的是瞎写，不及格不必说，还要从瞎写的文章里，给人寻出许多笑话来。人们在茶余酒后作为谈资的，大概是这一种。

“不通”还不在其内，因为即使不通，他究竟是在看题目做文章了；况且做文章做到不通的境地也就不容易，我们对于中国古今文学家，敢保证谁决没有一句不通的文章呢？有些人自以为“通”，那是因为他连“通”“不通”都不了然的缘故。

今年的考官之流，颇在讲些中学生的考卷的笑柄。其实这病源就在于瞎写。那些题目，是只要能够钞刊文，就都及格的。例如问《十三经》是什么，文天祥是那朝人，全用不着自己来挖空心思做，一做，倒糟糕。于是使文人学士大叹国学之衰落，青年之不行，好像惟有他们是文林中的硕果似的，像煞有介事了。

但是，钞刊文可也不容易。假使将那些考官们锁在考场里，骤然问他几条较为陌生的古典，大约即使不瞎写，也未必不缴白卷的。我说这话，意思并不在轻议已成的文人学士，只以为古典多，记不清不足奇，都记得倒古怪。古书不是很有些曾经后人加过注解的么？那都是坐在自己的书斋里，查群籍，翻类书，穷年累月，这才脱稿的，然而仍然有“未详”，有错误。现在的青年当然是无力指摘它了，但作证的却有别人的什么“补正”在；而且补而又补，正而又正者，也时或有之。

由此看来，如果能钞刊文，而又敷衍得过去，这人便是现在的大人物；青年学生有一些错，不过是常人的本分而已，但竟为世诟病，我很诧异他们竟没有人呼冤。

一九三四年九月二十五日

骂杀与捧杀

现在有些不满于文学批评的，总说近几年的所谓批评，不外乎捧与骂。

其实所谓捧与骂者，不过是将称赞与攻击，换了两个不好看的字眼。指英雄为英雄，说娼妇是娼妇，表面上虽像捧与骂，实则说得刚刚合式，不能责备批评家的。批评家的错处，是在乱骂与乱捧，例如说英雄是娼妇，举娼妇为英雄。

批评的失了威力，由于"乱"，甚而至于"乱"到和事实相反，这底细一被大家看出，那效果有时也就相反了。所以现在被骂杀的少，被捧杀的却多。

人古而事近的，就是袁中郎。这一班明末的作家，在文学史上，是自有他们的价值和地位的。而不幸被一群学者们捧了出来，颂扬，标点，印刷，"色借，日月借，烛借，青黄借，眼色无常。声借，钟鼓借，枯竹窍借……"借得他一塌胡涂，正如在中郎脸上，画上花脸，却指给大家看，啧啧赞叹道："看哪，这多么'性灵'呀!"对于中郎的本质，自然是并无关系的，但在未经别人将花脸洗清之前，这“中郎”总不免招人好笑，大触其霉头。

人近而事古的，我记起了泰戈尔。他到中国来了，开坛讲演，人给他摆出一张琴，烧上一炉香，左有林长民，右有徐志摩，各各头戴印度帽。徐诗人开始绍介了：“唵！叽哩咕噜，白云清风，银磬……当！”说得他好像活神仙一样，于是我们的地上的青年们失望，离开了。神仙和凡人，怎能不离开呢？但我今年看见他论苏联的文章，自己声明道：“我是一个英国治下的印度人。”他自己知道得明明白白。大约他到中国来的时候，决不至于还胡涂，如果我们的诗人诸公不将他制成一个活神仙，青年们对于他是不至于如此隔膜的。现在可是老大的晦气。

以学者或诗人的招牌，来批评或介绍一个作者，开初是很能够蒙混旁人的，但待到旁人看清了这作者的真相的时候，却只剩了他自己的不诚恳，或学识的不够了。然而如果没有旁人来指明真相呢，这作家就从此被捧杀，不知道要多少年后才翻身。

一九三四年十一月十九日

第六辑

《且介亭杂文》

序　言

近几年来，所谓“杂文”的产生，比先前多，也比先前更受着攻击。例如自称“诗人”邵洵美，前“第三种人”施蛰存和杜衡即苏汶，还不到一知半解程度的大学生林希隽之流，就都和杂文有切骨之仇，给了种种罪状的。然而没有效，作者多起来，读者也多起来了。

其实“杂文”也不是现在的新货色，是“古已有之”的，凡有文章，倘若分类，都有类可归，如果编年，那就只按作成的年月，不管文体，各种都夹在一处，于是成了“杂”。分类有益于揣摩文章，编年有利于明白时势，倘要知人论世，是非看编年的文集不可的，现在新作的古人年谱的流行，即证明着已经有许多人省悟了此中的消息。况且现在是多么切迫的时候，作者的任务，是在对于有害的事物，立刻给以反响或抗争，是感应的神经，是攻守的手足。潜心于他的鸿篇巨制，为未来的文化设想，固然是很好的，但为现在抗争，却也正是为现在和未来的战斗的作者，因为失掉了现在，也就没有了未来。

战斗一定有倾向。这就是邵施杜林之流的大敌，其实他们所憎恶的是内容，虽然披了文艺的法衣，里面却包藏着“死之说教者”，和生存不能两立。

这一本集子和《花为文学》，是我在去年一年中，在官民的明明暗暗，软软硬硬的围剿“杂文”的笔和刀下的结集，凡是写下来的，全在这里面。当然不敢说是诗史，其中有着时代的眉目，也决不是英雄们的八宝箱，一朝打开，便见光辉灿烂。我只在深夜的街头摆着一个地摊，所有的无非几个小钉，几个瓦碟，但也希望，并且相信有些人会从中寻出合于他的用处的东西。

一九三五年十二月三十日，记于上海之且介亭

关于中国的两三件事

一　关于中国的火

希腊人所用的火，听说是在一直先前，普洛美修斯从天上偷来的，但中国的却和它不同，是燧人氏自家所发见——或者该说是发明罢。因为并非偷儿，所以拴在山上，给老雕去啄的灾难是免掉了，然而也没有普洛美修斯那样的被传扬，被崇拜。

中国也有火神的。但那可不是燧人氏，而是随意放火的莫名其妙的东西。

自从燧人氏发见，或者发明了火以来，能够很有味的吃火锅，点起灯来，夜里也可以工作了，但是，真如先哲之所谓"有一利必有一弊"罢，同时也开始了火灾，故意点上火，烧掉那有巢氏所发明的巢的了不起的人物也出现了。

和善的燧人氏是该被忘却的。即使伤了食，这回是属于神农氏的领域了，所以那神农氏，至今还被人们所记得。至于火灾，虽然不知道那发明家究竟是什么人，但祖师总归是有的，于是没有法，只好漫称之曰火神，而献以敬畏。看他的画像，是红面孔，红胡须，不过祭祀的时候，却须避去一切红色的东西，而代之以绿色。他大约像西班牙的牛一样，一看见红色，便会亢奋起来，做出一种可怕的行动的。

他因此受着崇祀。在中国，这样的恶神还很多。

然而，在人世间，倒似乎因了他们而热闹。赛会也只有火神的，燧人氏的却没有。倘有火灾，则被灾的和邻近的没有被灾的人们，都要祭火神，以表感谢之意。被了灾还要来表感谢之意，虽然未免有些出于意外，但若不祭，据说是第二回还会烧，所以还是感谢了的安全。而且也不但对于火神，就是对于人，有时也一样的这么办，我想，大约也是礼仪的一种罢。

其实，放火，是很可怕的，然而比起烧饭来，却也许更有趣。外国的事情我不知道，若在中国，则无论查检怎样的历史，总寻不出烧饭和点灯的人们的列传来。在社会上，即使怎样的善于烧饭，善于点灯，也毫没有成为名人的希望。然而秦始皇一烧书，至今还俨然做着名人，至于引为希特拉烧书事件的先例。假使希特拉太太善于开电灯，烤面包罢，那么，要在历史上寻一点先例，恐怕可就难了。但是，幸而那样的事，是不会哄动一世的。

烧掉房子的事，据宋人的笔记说，是开始于蒙古人的。因为他们住着帐篷，不知道住房子，所以就一路的放火。然而，这是诳话。蒙古人中，懂得汉文的很少，所以不来更正的。其实，秦的末年就有着放火的名人项羽在，一烧阿房宫，便天下闻名，至今还会在戏台上出现，连在日本也很有名。然而，在未烧以前的阿房宫里每天点灯的人们，又有谁知道他们的名姓呢？

现在是爆裂弹呀，烧夷弹呀之类的东西已经做出，加以飞机也很进步，如果要做名人，就更加容易了。而且如果放火比先前放得大，那么，那人就也更加受尊敬，从远处看去，恰如救世主一样，而那火光，便令人以为是光明。

二　关于中国的王道

在前年，曾经拜读过中里介山氏的大作《给支那及支那国民的信》。只记得那里面说，周汉都有着侵略者的资质。而支那人都讴歌他，欢迎他了。连对于朔北的元和清，也加以讴歌了。只要那侵略，有着安定国家之力，保护民生之实，那便是支那人民所渴望的王道，于是对于支那人的执迷不悟之点，愤慨得非常。

那“信”，在满洲出版的杂志上，是被译载了的，但因为未曾输入中国，所以像是回信的东西，至今一篇也没有见。只在去年的上海报上所载的胡适博士的谈话里，有的说，“只有一个方法可以征服中国，即彻底停止侵略，反过来征服中国民族的心。”不消说，那不过是偶然的，但也有些令人觉得好像是对于那信的答复。

征服中国民族的心，这是胡适博士给中国之所谓王道所下的定义，然而我想，他自己恐怕也未必相信自己的话的罢。在中国，其实是彻底的未曾有过王道，“有历史癖和考据癖”的胡博士，该是不至于不知道的。

不错，中国也有过讴歌了元和清的人们，但那是感谢火神之类，并非连心也全被征服了的证据。如果给与一个暗示，说是倘不讴歌，便将更加虐待，那么，即使加以或一程度的虐待，也还可以使人们来讴歌。四五年前，我曾经加盟于一个要求自由的团体，而那时的上海教育局长陈德征氏勃然大怒道，在三民主义的统治之下，还觉得不满么？那可连现在所给与着的一点自由也要收起了。而且，真的是收起了的。每当感到比先前更不自由的时候，我一面佩服着陈氏的精通王道的学识，一面有时也不免想，真该是讴歌三民主义的。然而，现在是已经太晚了。

在中国的王道，看去虽然好像是和霸道对立的东西，其实却是兄弟，这之前和之后，一定要有霸道跑来的。人民之所讴歌，就为了希望霸道的减轻，或者不更加重的缘故。

汉的高祖，据历史家说，是龙种，但其实是无赖出身，说是侵略者，恐怕有些不对的。至于周的武王，则以征伐之名入中国，加以和殷似乎连民族也不同，用现代的话来说，那可是侵略者。然而那时的民众的声音，现在已经没有留存了。孔子和孟子确曾大大的宣传过那王道，但先生们不但是周朝的臣民而已，并且周游历国，有所活动，所以恐怕是为了想做官也难说。说得好看一点，就是因为要“行道”，倘做了官，于行道就较为便当，而要做官，则不如称赞周朝之为便当的。然而，看起别的记载来，却虽是那王道的祖师而且专家的周朝，当讨伐之初，也有伯夷和叔齐扣马而谏，非拖开不可；纣的军队也加反抗，非使他们的血流到漂杵不可。接着是殷民又造了反，虽然特别称之曰“顽民”，从王道天下的人民中除开，但总之，似乎究竟有了一种什么破绽似的。好个王道，只消一个顽民，便将它弄得毫无根据了。

儒士和方士，是中国特产的名物。方士的最高理想是仙道，儒士的便是王道。但可惜的是这两件在中国终于都没有。据长久的历史上的事实所证明，则倘说先前曾有真的王道者，是妄言，说现在还有者，是新药。孟子生于周季，所以以谈霸道为羞，倘使生于今日，则跟着人类的智识范围的展开，怕要羞谈王道的罢。

三　关于中国的监狱

我想，人们是的确由事实而从新省悟，而事情又由此发生变化的。从宋朝到清朝的末年，许多年间，专以代圣贤立言的“制艺”这一种烦难的文章取士，到得和法国打了败仗，这才省悟了这方法的错误。于是派留学生到西洋，开设兵器制造局，作为那改正的手段。省悟到这还不够，是在和日本打了败仗之后，这回是竭力开起学校来。于是学生们年年大闹了。从清朝倒掉，国民党掌握政权的时候起，才又省悟了这错误，作为那改正的手段的，是除了大造监狱之外，什么也没有了。

在中国，国粹式的监狱，是早已各处都有的，到清末，就也造了一点西洋式，即所谓文明式的监狱。那是为了示给旅行到此的外国人而建造，应该与为了和外国人好互相应酬，特地派出去，学些文明人的礼节的留学生，属于同一种类的。托了这福，犯人的待遇也还好，给洗澡，也给一定分量的饭吃，所以倒是颇为幸福的地方。但是，就在两三礼拜前，政府因为要行仁政了，还发过一个不准克扣囚粮的命令。从此以后，可更加幸福了。

至于旧式的监狱，则因为好像是取法于佛教的地狱的，所以不但禁锢犯人，此外还有给他吃苦的职掌。挤取金钱，使犯人的家属穷到透顶的职掌，有时也会兼带的。但大家都以为应该。如果有谁反对罢，那就等于替犯人说话，便要受恶党的嫌疑。然而文明是出奇的进步了，所以去年也有了提倡每年该放犯人回家一趟，给以解决性欲的机会的，颇是人道主义气味之说的官吏。其实，他也并非对于犯人的性欲，特别表着同情，不过因为总不愁竟会实行的，所以也就高声嚷一下，以见自己的作为官吏的存在。然而舆论颇为沸腾了。有一位批评家，还以为这么一来，大家便要不怕牢监，高高兴兴的进去了，很为世道人心愤慨了一下。受了所谓圣贤之教那么久，竟还没有那位官吏的圆滑，固然也令人觉得诚实可靠，然而他的意见，是以为对于犯人，非加虐待不可，却也因此可见了。

从别一条路想，监狱确也并非没有不像以“安全第一”为标语的人们的理想乡的地方。火灾极少，偷儿不来，土匪也一定不来抢。即使打仗，也决没有以监狱为目标，施行轰炸的傻子；即使革命，有释放囚犯的例，而加以屠戮的是没有的。当福建独立之初，虽有说是释放犯人，而一到外面，和他们自己意见不同的人们倒反而失踪了的谣言，然而这样的例子，以前是未曾有过的。总而言之，似乎也并非很坏的处所。只要准带家眷，则即使不是现在似的大水，饥荒，战争，恐怖的时候，请求搬进去住的人们，也未必一定没有的。于是虐待就成为必不可少了。

牛兰夫妇，作为赤化宣传者而关在南京的监狱里，也绝食了三四回了，可是什么效力也没有。这是因为他不知道中国的监狱的精神的缘故。有一位官员诧异的说过：他自己不吃，和别人有什么关系呢？岂但和仁政并无关系而已呢，省些食料，倒是于监狱有益的。甘地的把戏，倘不挑选兴行场，就毫无成效了。

然而，在这样的近于完美的监狱里，却还剩着一种缺点。至今为止，对于思想上的事，都没有很留心。为要弥补这缺点，是在近来新发明的叫作“反省院”的特种监狱里，施着教育。我还没有到那里面去反省过，所以并不知道详情，但要而言之，好像是将三民主义时时讲给犯人听，使他反省着自己的错误。听人说，此外还得做排击共产主义的论文。如果不肯做，或者不能做，那自然，非终身反省不可了，而做得不够格，也还是非反省到死则不可。现在是进去的也有，出来的也有，因为听说还得添造反省院，可见还是进去的多了。考完放出的良民，偶尔也可以遇见，但仿佛大抵是萎靡不振，恐怕是在反省和毕业论文上，将力气使尽了罢。那前途，是在没有希望这一面的。

一九三四年

拿来主义

中国一向是所谓“闭关主义”，自己不去，别人也不许来。自从给枪炮打破了大门之后，又碰了一串钉子，到现在，成了什么都是“送去主义”了。别的且不说罢，单是学艺上的东西，近来就先送一批古董到巴黎去展览，但终“不知后事如何”；还有几位“大师”们捧着几张古画和新画，在欧洲各国一路的挂过去，叫作“发扬国光”。听说不远还要送梅兰芳博士到苏联去，以催进“象征主义”，此后是顺便到欧洲传道。我在这里不想讨论梅博士演艺和象征主义的关系，总之，活人替代了古董，我敢说，也可以算得显出一点进步了。

但我们没有人根据了“礼尚往来”的仪节，说道：拿来！

当然，能够只是送出去，也不算坏事情，一者见得丰富，二者见得大度。尼采就自诩过他是太阳，光热无穷，只是给与，不想取得。然而尼采究竟不是太阳，他发了疯。中国也不是，虽然有人说，掘起地下的煤来，就足够全世界几百年之用，但是，几百年之后呢？几百年之后，我们当然是化为魂灵，或上天堂，或落了地狱，但我们的子孙是在的，所以还应该给他们留下一点礼品。要不然，则当佳节大典之际，他们拿不出东西来，只好磕头贺喜，讨一点残羹冷炙做奖赏。

这种奖赏，不要误解为“抛来”的东西，这是“抛给”的，说得冠冕些，可以称之为“送来”，我在这里不想举出实例。

我在这里也并不想对于“送去”再说什么，否则太不“摩登”了。我只想鼓吹我们再吝啬一点，“送去”之外，还得“拿来”，是为“拿来主义”。

但我们被“送来”的东西吓怕了。先有英国的鸦片，德国的废枪炮，后有法国的香粉，美国的电影，日本的印着“完全国货”的各种小东西。于是连清醒的青年们，也对于洋货发生了恐怖。其实，这正是因为那是“送来”的，而不是“拿来”的缘故。

所以我们要运用脑髓，放出眼光，自己来拿！

譬如罢，我们之中的一个穷青年，因为祖上的阴功（姑且让我这么说说罢），得了一所大宅子，且不问他是骗来的，抢来的，或合法继承的，或是做了女婿换来的。那么，怎么办呢？我想，首先是不管三七二十一，“拿来”！但是，如果反对这宅子的旧主人，怕给他的东西染污了，徘徊不敢走进门，是孱头；勃然大怒，放一把火烧光，算是保存自己的清白，则是昏蛋。不过因为原是羡慕这宅子的旧主人的，而这回接受一切，欣欣然的蹩进卧室，大吸剩下的鸦片，那当然更是废物。“拿来主义”者是全不这样的。

他占有，挑选。看见鱼翅，并不就抛在路上以显其“平民化”，只要有养料，也和朋友们像萝卜白菜一样的吃掉，只不用它来宴大宾；看见鸦片，也不当众摔在毛厕里，以见其彻底革命，只送到药房里去，以供治病之用，却不弄“出售存膏，售完即止”的玄虚。只有烟枪和烟灯，虽然形式和印度，波斯，阿剌伯的烟具都不同，确可以算是一种国粹，倘使背着周游世界，一定会有人看，但我想，除了送一点进博物馆之外，其余的是大可以毁掉的了。还有一群姨太太，也大以请她们各自走散为是，要不然，“拿来主义”怕未免有些危机。

总之，我们要拿来。我们要或使用，或存放，或毁灭。那么，主人是新主人，宅子也就会成为新宅子。然而首先要这人沉着，勇猛，有辨别，不自私。没有拿来的，人不能自成为新人，没有拿来的，文艺不能自成为新文艺。

一九三四年六月四日

中国人失掉自信力了吗

从公开的文字上看起来：两年以前，我们总自夸着“地大物博”，是事实；不久就不再自夸了，只希望着国联，也是事实；现在是既不夸自己，也不信国联，改为一味求神拜佛，怀古伤今了——却也是事实。

于是有人慨叹曰：中国人失掉自信力了。

如果单据这一点现象而论，自信其实是早就失掉了的。先前信“地”，信“物”，后来信“国联”，都没有相信过“自己”。假使这也算一种“信”，那也只能说中国人曾经有过“他信力”，自从对国联失望之后，便把这他信力都失掉了。

失掉了他信力，就会疑，一个转身，也许能够只相信了自己，倒是一条新生路，但不幸的是逐渐玄虚起来了。信“地”和“物”，还是切实的东西，国联就渺茫，不过这还可以令人不久就省悟到依赖它的不可靠。一到求神拜佛，可就玄虚之至了，有益或是有害，一时就找不出分明的结果来，它可以令人更长久的麻醉着自己。

中国人现在是在发展着“自欺力”。

“自欺”也并非现在的新东西，现在只不过日见其明显，笼罩了一切罢了。然而，在这笼罩之下，我们有并不失掉自信力的中国人在。

我们从古以来，就有埋头苦干的人，有拼命硬干的人，有为民请命的人，有舍身求法的人，……虽是等于为帝王将相作家谱的所谓“正史”，也往往掩不住他们的光耀，这就是中国的脊梁。

这一类的人们，就是现在也何尝少呢？他们有确信，不自欺；他们在前仆后继的战斗，不过一面总在被摧残，被抹杀，消灭于黑暗中，不能为大家所知道罢了。说中国人失掉了自信力，用以指一部分人则可，倘若加于全体，那简直是诬蔑。

要论中国人，必须不被搽在表面的自欺欺人的脂粉所诓骗，却看看他的筋骨和脊梁。自信力的有无，状元宰相的文章是不足为据的，要自己去看地底下。

一九三四年九月二十五日

说“面子”

“面子”，是我们在谈话里常常听到的，因为好像一听就懂，所以细想的人大约不很多。

但近来从外国人的嘴里，有时也听到这两个音，他们似乎在研究。他们以为这一件事情，很不容易懂，然而是中国精神的纲领，只要抓住这个，就像二十四年前的拔住了辫子一样，全身都跟着走动了。相传前清时候，洋人到总理衙门去要求利益，一通威吓，吓得大官们满口答应，但临走时，却被从边门送出去。不给他走正门，就是他没有面子；他既然没有了面子，自然就是中国有了面子，也就是占了上风了。这是不是事实，我断不定，但这故事，“中外人士”中是颇有些人知道的。

因此，我颇疑心他们想专将“面子”给我们。

但“面子”究竟是怎么一回事呢？不想还好，一想可就觉得胡涂。它像是很有好几种的，每一种身份，就有一种“面子”，也就是所谓“脸”。这“脸”有一条界线，如果落到这线的下面去了，即失了面子，也叫作“丢脸”。不怕“丢脸”，便是“不要脸”。但倘使做了超出这线以上的事，就“有面子”，或曰“露脸”。而“丢脸”之道，则因人而不同，例如车夫坐在路边赤膊捉虱子，并不算什么，富家姑爷坐在路边赤膊捉虱子，才成为“丢脸”。但车夫也并非没有“脸”，不过这时不算“丢”，要给老婆踢了一脚，就躺倒哭起来，这才成为他的“丢脸”。这一条“丢脸”律，是也适用于上等人的。这样看来，“丢脸”的机会，似乎上等人比较的多，但也不一定，例如车夫偷一个钱袋，被人发见，是失了面子的，而上等人大捞一批金珠珍玩，却仿佛也不见得怎样“丢脸”，况且还有“出洋考察”，是改头换面的良方。

谁都要“面子”，当然也可以说是好事情，但“面子”这东西，却实在有些怪。九月三十日的《申报》就告诉我们一条新闻：沪西有业木匠大包作头之罗立鸿，为其母出殡，邀开“贳器店之王树宝夫妇帮忙，因来宾众多，所备白衣，不敷分配，其时适有名王道才，绰号三喜子，亦到来送殡，争穿白衣不遂，以为有失体面，心中怀恨，……邀集徒党数十人，各执铁棍，据说尚有持手枪者多人，将王树宝家人乱打，一时双方有剧烈之战争，头破血流，多人受有重伤。……”白衣是亲族有服者所穿的，现在必须“争穿”而又“不遂”，足见并非亲族，但竟以为“有失体面”，演成这样的大战了。这时候，好像只要和普通有些不同便是“有面子”，而自己成了什么，却可以完全不管。这类脾气，是“绅商”也不免发露的：袁世凯将要称帝的时候，有人以列名于劝进表中为“有面子”；有一国从青岛撤兵的时候，有人以列名于万民伞上为“有面子”。

所以，要“面子”也可以说并不一定是好事情——但我并非说，人应该“不要脸”。现在说话难，如果主张“非孝”，就有人会说你在煽动打父母，主张男女平等，就有人会说你在提倡乱交——这声明是万不可少的。

况且，“要面子”和“不要脸”实在也可以有很难分辨的时候。不是有一个笑话么？一个绅士有钱有势，我假定他叫四大人罢，人们都以能够和他扳谈为荣。有一个专爱夸耀的小瘪三，一天高兴的告诉别人道：“四大人和我讲过话了！”人问他“说什么呢？”答道：“我站在他门口，四大人出来了，对我说：滚开去！”当然，这是笑话，是形容这人的“不要脸”，但在他本人，是以为“有面子”的，如此的人一多，也就真成为“有面子”了。别的许多人，不是四大人连“滚开去”也不对他说么？

在上海，“吃外国火腿”虽然还不是“有面子”，却也不算怎么“丢脸”了，然而比起被一个本国的下等人所踢来，又仿佛近于“有面子”。

中国人要“面子”，是好的，可惜的是这“面子”是“圆机活法”，善于变化，于是就和“不要脸”混起来了。长谷川如是闲说“盗泉”云：“古之君子，恶其名而不饮，今之君子，改其名而饮之。”也说穿了“今之君子”的“面子”的秘密。

一九三四年十月四日

运　命

有一天，我坐在内山书店里闲谈——我是常到内山书店去闲谈的，我的可怜的敌对的“文学家”，还曾经借此竭力给我一个“汉奸”的称号，可惜现在他们又不坚持了——才知道日本的丙午年生，今年二十九岁的女性，是一群十分不幸的人。大家相信丙午年生的女人要克夫，即使再嫁，也还要克，而且可以多至五六个，所以想结婚是很困难的。这自然是一种迷信，但日本社会上的迷信也还是真不少。我问：可有方法解除这夙命呢？回答是：没有。

接着我就想到了中国。许多外国的中国研究家，都说中国人是定命论者，命中注定，无可奈何；就是中国的论者，现在也有些人这样说。但据我所知道，中国女性就没有这样无法解除的命运。“命凶”或“命硬”，是有的，但总有法子想，就是所谓“禳解”；或者和不怕相克的命的男子结婚，制住她的“凶”或“硬”。假如有一种命，说是要连克五六个丈夫的罢，那就早有道士之类出场，自称知道妙法，用桃木刻成五六个男人，画上符咒，和这命的女人一同行“结俪之礼”后，烧掉或埋掉，于是真来订婚的丈夫，就算是第七个，毫无危险了。

中国人的确相信运命，但这运命是有方法转移的。所谓“没有法子”，有时也就是一种另想道路——转移运命的方法。等到确信这是“运命”，真真“没有法子”的时候，那是在事实上已经十足碰壁，或者恰要灭亡之际了。运命并不是中国人的事前的指导，乃是事后的一种不费心思的解释。中国人自然有迷信，也有“信”，但好像很少“坚信”。我们先前最尊皇帝，但一面想玩弄他，也尊后妃，但一面又有些想吊她的膀子；畏神明，而又烧纸钱作贿赂，佩服豪杰，却不肯为他作牺牲。崇孔的名儒，一面拜佛，信甲的战士，明天信丁。宗教战争是向来没有的，从北魏到唐末的佛道二教的此仆彼起，是只靠几个人在皇帝耳朵边的甘言蜜语。风水，符咒，拜祷……偌大的“运命”，只要化一批钱或磕几个头，就改换得和注定的一笔大不相同了——就是并不注定。

我们的先哲，也有知道“定命”有这么的不定，是不足以定人心的，于是他说，这用种种方法之后所得的结果，就是真的“定命”，而且连必须用种种方法，也是命中注定的。但看起一般的人们来，却似乎并不这样想。

人而没有“坚信”，狐狐疑疑，也许并不是好事情，因为这也就是所谓“无特操”。但我以为信运命的中国人而又相信运命可以转移，却是值得乐观的。不过现在为止，是在用迷信来转移别的迷信，所以归根结蒂，并无不同，以后倘能用正当的道理和实行——科学来替换了这迷信，那么，定命论的思想，也就和中国人离开了。

假如真有这一日，则和尚，道士，巫师，星相家，风水先生……的宝座，就都让给了科学家，我们也不必整年的见神见鬼了。

一九三四年十月二十三日

拿破仑与隋那

我认识一个医生，忙的，但也常受病家的攻击，有一回，自解自叹道：要得称赞，最好是杀人，你把拿破仑和隋那（Edward Jenner，1749—1823）去比比看……

我想，这是真的。拿破仑的战绩，和我们什么相干呢，我们却总敬服他的英雄。甚而至于自己的祖宗做了蒙古人的奴隶，我们却还恭维成吉思汗；从现在的卐字眼睛看来，黄人已经是劣种了，我们却还夸耀希特拉。

因为他们三个，都是杀人不眨眼的大灾星。

但我们看看自己的臂膊，大抵总有几个疤，这就是种过牛痘的痕迹，是使我们脱离了天花的危症的。自从有这种牛痘法以来，在世界上真不知救活了多少孩子，——虽然有些人大起来也还是去给英雄们做炮灰，但我们有谁记得这发明者隋那的名字呢？

杀人者在毁坏世界，救人者在修补它，而炮灰资格的诸公，却总在恭维杀人者。

这看法倘不改变，我想，世界是还要毁坏，人们也还要吃苦的。

一九三四年十一月六日

病后杂谈

一

生一点病，的确也是一种福气。不过这里有两个必要条件：一要病是小病，并非什么霍乱吐泻，黑死病，或脑膜炎之类；二要至少手头有一点现款，不至于躺一天，就饿一天。这二者缺一，便是俗人，不足与言生病之雅趣的。

我曾经爱管闲事，知道过许多人，这些人物，都怀着一个大愿。大愿，原是每个人都有的，不过有些人却模模胡胡，自己抓不住，说不出。他们中最特别的有两位：一位是愿天下的人都死掉，只剩下他自己和一个好看的姑娘，还有一个卖大饼的；另一位是愿秋天薄暮，吐半口血，两个侍儿扶着，恹恹的到阶前去看秋海棠。这种志向，一看好像离奇，其实却照顾得很周到。第一位姑且不谈他罢，第二位的“吐半口血”，就有很大的道理。才子本来多病，但要“多”，就不能重，假使一吐就是一碗或几升，一个人的血，能有几回好吐呢？过不几天，就雅不下去了。

我一向很少生病，上月却生了一点点。开初是每晚发热，没有力，不想吃东西，一礼拜不肯好，只得看医生。医生说是流行性感冒。好罢，就是流行性感冒。但过了流行性感冒一定退热的时期，我的热却还不退。医生从他那大皮包里取出玻璃管来，要取我的血液，我知道他在疑心我生伤寒病了，自己也有些发愁。然而他第二天对我说，血里没有一粒伤寒菌；于是注意的听肺，平常；听心，上等。这似乎很使他为难。我说，也许是疲劳罢；他也不甚反对，只是沉吟着说，但是疲劳的发热，还应该低一点。……

好几回检查了全体，没有死症，不至于呜呼哀哉是明明白白的，不过是每晚发热，没有力，不想吃东西而已，这真无异于"吐半口血"，大可享生病之福了。因为既不必写遗嘱，又没有大痛苦，然而可以不看正经书，不管柴米账，玩他几天，名称又好听，叫作"养病"。从这一天起，我就自己觉得好像有点儿"雅"了；那一位愿吐半口血的才子，也就是那时躺着无事，忽然记了起来的。

光是胡思乱想也不是事，不如看点不劳精神的书，要不然，也不成其为"养病"。像这样的时候，我赞成中国纸的线装书，这也就是有点儿"雅"起来了的证据。洋装书便于插架，便于保存，现在不但有洋装二十五六史，连《四部备要》也硬领而皮靴了，——原是不为无见的。但看洋装书要年富力强，正襟危坐，有严肃的态度。假使你躺着看，那就好像两只手捧着一块大砖头，不多工夫，就两臂酸麻，只好叹一口气，将它放下。所以，我在叹气之后，就去寻线装书。

一寻，寻到了久不见面的《世说新语》之类一大堆，躺着来看，轻飘飘的毫不费力了，魏晋人的豪放潇洒的风姿，也仿佛在眼前浮动。由此想到阮嗣宗的听到步兵厨善于酿酒，就求为步兵校尉；陶渊明的做了彭泽令，就教官田都种秫，以便做酒，因了太太的抗议，这才种了一点秔。这真是天趣盎然，决非现在的“站在云端里呐喊”者们所能望其项背。但是，“雅”要想到适可而止，再想便不行。例如阮嗣宗可以求做步兵校尉，陶渊明补了彭泽令，他们的地位，就不是一个平常人，要“雅”，也还是要地位。“采菊东篱下，悠然见南山”是渊明的好句，但我们在上海学起来可就难了。没有南山，我们还可以改作“悠然见洋房”或“悠然见烟囱”的，然而要租一所院子里有点竹篱，可以种菊的房子，租钱就每月总得一百两，水电在外；巡捕捐按房租百分之十四，每月十四两。单是这两项，每月就是一百十四两，每两作一元四角算，等于一百五十九元六。近来的文稿又不值钱，每千字最低的只有四五角，因为是学陶渊明的雅人的稿子，现在算他每千字三大元罢，但标点，洋文，空白除外。那么，单单为了采菊，他就得每月译作净五万三千二百字。吃饭呢？要另外想法子生发，否则，他只好“饥来驱我去，不知竟何之”了。

“雅”要地位，也要钱，古今并不两样的，但古代的买雅，自然比现在便宜；办法也并不两样，书要摆在书架上，或者抛几本在地板上，酒杯要摆在桌子上，但算盘却要收在抽屉里，或者最好是在肚子里。

此之谓“空灵”。

二

为了“雅”，本来不想说这些话的。后来一想，这于“雅”并无伤，不过是在证明我自己的“俗”。王夷甫口不言钱，还是一个不干不净人物，雅人打算盘，当然也无损其为雅人。不过他应该有时收起算盘，或者最妙是暂时忘却算盘，那么，那时的一言一笑，就都是灵机天成的一言一笑，如果念念不忘世间的利害，那可就成为“杭育杭育派”了。这关键，只在一者能够忽而放开，一者却是永远执着，因此也就大有了雅俗和高下之分。我想，这和时而“敦伦”者不失为圣贤，连白天也在想女人的就要被称为“登徒子”的道理，大概是一样的。

所以我恐怕只好自己承认“俗”，因为随手翻了一通《世说新语》，看过“娵隅跃清池”的时候，千不该万不该的竟从“养病”想到“养病费”上去了，于是一骨碌爬起来，写信讨版税，催稿费。写完之后，觉得和魏晋人有点隔膜，自己想，假使此刻有阮嗣宗或陶渊明在面前出现，我们也一定谈不来的。于是另换了几本书，大抵是明末清初的野史，时代较近，看起来也许较有趣味。第一本拿在手里的是《蜀碧》。

这是蜀宾从成都带来送我的，还有一部《蜀龟鉴》，都是讲张献忠祸蜀的书，其实是不但四川人，而是凡有中国人都该翻一下的著作，可惜刻的太坏，错字颇不少。翻了一遍，在卷三里看见了这样的一条——

“又，剥皮者，从头至尻，一缕裂之，张于前，如鸟展翅，率逾日始绝。有即毙者，行刑之人坐死。”也还是为了自己生病的缘故罢，这时就想到了人体解剖。医术和虐刑，是都要生理学和解剖学智识的。中国却怪得很，固有的医书上的人身五脏图，真是草率错误到见不得人，但虐刑的方法，则往往好像古人早懂得了现代的科学。例如罢，谁都知道从周到汉，有一种施于男子的“宫刑”，也叫“腐刑”，次于“大辟”一等。对于女性就叫“幽闭”，向来不大有人提起那方法，但总之，是决非将她关起来，或者将它缝起来。近时好像被我查出一点大概来了，那办法的凶恶，妥当，而又合乎解剖学，真使我不得不吃惊。但妇科的医书呢？几乎都不明白女性下半身的解剖学的构造，他们只将肚子看作一个大口袋，里面装着莫名其妙的东西。

单说剥皮法，中国就有种种。上面所抄的是张献忠式；还有孙可望式，见于屈大均的《安龙逸史》，也是这回在病中翻到的。其时是永历六年，即清顺治九年，永历帝已经躲在安隆（那时改为安龙），秦王孙可望杀了陈邦传父子，御史李如月就弹劾他“擅杀勋将，无人臣礼”，皇帝反打了如月四十板。可是事情还不能完，又给孙党张应科知道了，就去报告了孙可望。

"可望得应科报，即令应科杀如月，剥皮示众。俄缚如月至朝门，有负石灰一筐，稻草一捆，置于其前。如月问，'如何用此?'其人曰，'是揎你的草!'如月叱曰，'瞎奴!此株株是文章，节节是忠肠也!'既而应科立右角门阶，捧可望令旨，喝如月跪。如月叱曰，'我是朝廷命官，岂跪贼令!?'乃步至中门，向阙再拜。……应科促令仆地，剖脊，及臀，如月大呼曰：'死得快活，浑身清凉!'又呼可望名，大骂不绝。及断至手足，转前胸，犹微声恨骂；至颈绝而死。随以灰渍之，纫以线，后乃入草，移北城门通衢阁上，悬之。……"

张献忠的自然是"流贼"式；孙可望虽然也是流贼出身，但这时已是保明拒清的柱石，封为秦王，后来降了满洲，还是封为义王，所以他所用的其实是官式。明初，永乐皇帝剥那忠于建文帝的景清的皮，也就是用这方法的。大明一朝，以剥皮始，以剥皮终，可谓始终不变；至今在绍兴戏文里和乡下人的嘴上，还偶然可以听到"剥皮揎草"的话，那皇泽之长也就可想而知了。

真也无怪有些慈悲心肠人不愿意看野史，听故事；有些事情，真也不像人世，要令人毛骨悚然，心里受伤，永不全愈的。残酷的事实尽有，最好莫如不闻，这才可以保全性灵，也是"是以君子远庖厨也"的意思。比灭亡略早的晚明名家的潇洒小品在现在的盛行，实在也不能说是无缘无故。不过这一种心地晶莹的雅致，又必须有一种好境遇，李如月仆地“剖脊”，脸孔向下，原是一个看书的好姿势，但如果这时给他看袁中郎的《广庄》，我想他是一定不要看的。这时他的性灵有些儿不对，不懂得真文艺了。

然而，中国的士大夫是到底有点雅气的，例如李如月说的“株株是文章，节节是忠肠”，就很富于诗趣。临死做诗的，古今来也不知道有多少。直到近代，谭嗣同在临刑之前就做一绝“闭门投辖思张俭”，秋瑾女士也有一句“秋雨秋风愁杀人”，然而还雅得不够格，所以各种诗选里都不载，也不能卖钱。

三

清朝有灭族，有凌迟，却没有剥皮之刑，这是汉人应该惭愧的，但后来脍炙人口的虐政是文字狱。虽说文字狱，其实还含着许多复杂的原因，在这里不能细说；我们现在还直接受到流毒的，是他删改了许多古人的著作的字句，禁了许多明清人的书。

《安龙逸史》大约也是一种禁书，我所得的是吴兴刘氏嘉业堂的新刻本。他刻的前清禁书还不止这一种，屈大均的又有《翁山文外》；还有蔡显的《闲渔闲闲录》，是作者因此“斩立决”，还累及门生的，但我细看了一遍，却又寻不出什么忌讳。对于这种刻书家，我是很感激的，因为他传授给我许多知识——虽然从雅人看来，只是些庸俗不堪的知识。但是到嘉业堂去买书，可真难。我还记得，今年春天的一个下午，好容易在爱文义路找着了，两扇大铁门，叩了几下，门上开了一个小方洞，里面有中国门房，中国巡捕，白俄镖师各一位。巡捕问我来干什么的。我说买书。他说账房出去了，没有人管，明天再来罢。我告诉他我住得远，可能给我等一会呢？他说，不成！同时也堵住了那个小方洞。过了两天，我又去了，改作上午，以为此时账房也许不至于出去。但这回所得回答却更其绝望，巡捕曰："书都没有了！卖完了！不卖了！"

我就没有第三次再去买，因为实在回复的斩钉截铁。现在所有的几种，是托朋友去辗转买来的，好像必须是熟人或走熟的书店，这才买得到。

每种书的末尾，都有嘉业堂主人刘承干先生的跋文，他对于明季的遗老很有同情，对于清初的文祸也颇不满。但奇怪的是他自己的文章却满是前清遗老的口风；书是民国刻的，"儀"字还缺着末笔。我想，试看明朝遗老的著作，反抗清朝的主旨，是在异族的入主中夏的，改换朝代，倒还在其次。所以要顶礼明末的遗民，必须接受他的民族思想，这才可以心心相印。现在以明遗老之仇的满清的遗老自居，却又引明遗老为同调，只着重在"遗老"两个字，而毫不问遗于何族，遗在何时，这真可以说是"为遗老而遗老"，和现在文坛上的"为艺术而艺术"，成为一副绝好的对子了。

倘以为这是因为"食古不化"的缘故，那可也并不然。中国的士大夫，该化的时候，就未必决不化。就如上面说过的《蜀龟鉴》，原是一部笔法都仿《春秋》的书，但写到“圣祖仁皇帝康熙元年春正月”，就有“赞”道：

“……明季之乱甚矣！风终豳（bīn），雅终《召旻》，托乱极思治之隐忧而无其实事，孰若臣祖亲见之，臣身亲被之乎？是编以元年正月终者，非徒谓体元表正，蔑以加兹；生逢盛世，荡荡难名，一以寄没世不忘之恩，一以见太平之业所由始耳！”

《春秋》上是没有这种笔法的。满洲的肃王的一箭，不但射死了张献忠，也感化了许多读书人，而且改变了“春秋笔法”了。

四

病中来看这些书，归根结蒂，也还是令人气闷。但又开始知道了有些聪明的士大夫，依然会从血泊里寻出闲适来。例如《蜀碧》，总可以说是够惨的书了，然而序文后面却刻着一位乐斋先生的批语道：“古穆有魏晋间人笔意。”

这真是天大的本领！那死似的镇静，又将我的气闷打破了。

我放下书，合了眼睛，躺着想想学这本领的方法，以为这和“君子远庖厨也”的法子是大两样的，因为这时是君子自己也亲到了庖厨里。瞑想的结果，拟定了两手太极拳。一，是对于世事要“浮光掠影”，随时忘却，不甚了然，仿佛有些关心，却又并不恳切；二，是对于现实要“蔽聪塞明”，麻木冷静，不受感触，先由努力，后成自然。第一种的名称不大好听，第二种却也是却病延年的要诀，连古之儒者也并不讳言的。这都是大道。还有一种轻捷的小道，是：彼此说谎，自欺欺人。

有些事情，换一句话说就不大合式，所以君子憎恶俗人的“道破”。其实，“君子远庖厨也”就是自欺欺人的办法：君子非吃牛肉不可，然而他慈悲，不忍见牛的临死的觳觫，于是走开，等到烧成牛排，然后慢慢的来咀嚼。牛排是决不会“觳觫”的了，也就和慈悲不再有冲突，于是他心安理得，天趣盎然，剔剔牙齿，摸摸肚子，“万物皆备于我矣”了。彼此说谎也决不是伤雅的事情，东坡先生在黄州，有客来，就要客谈鬼，客说没有，东坡道：“姑妄言之！”至今还算是一件韵事。

撒一点小谎，可以解无聊，也可以消闷气；到后来，忘却了真，相信了谎。也就心安理得，天趣盎然了起来。永乐的硬做皇帝，一部分士大夫是颇以为不大好的。尤其是对于他的惨杀建文的忠臣。和景清一同被杀的还有铁铉，景清剥皮，铁铉油炸，他的两个女儿则发付了教坊，叫她们做婊子。这更使士大夫不舒服，但有人说，后来二女献诗于原问官，被永乐所知，赦出，嫁给士人了。

这真是“曲终奏雅”，令人如释重负，觉得天皇毕竟圣明，好人也终于得救。她虽然做过官妓，然而究竟是一位能诗的才女，她父亲又是大忠臣，为夫的士人，当然也不算辱没。但是，必须“浮光掠影”到这里为止，想不得下去。一想，就要想到永乐的上谕，有些是凶残猥亵，将张献忠祭梓潼神的“咱老子姓张，你也姓张，咱老子和你联了宗罢。尚飨!”的名文，和他的比起来，真是高华典雅，配登西洋的上等杂志，那就会觉得永乐皇帝决不像一位爱才怜弱的明君。况且那时的教坊是怎样的处所？罪人的妻女在那里是并非静候嫖客的，据永乐定法，还要她们“转营”，这就是每座兵营里都去几天，目的是在使她们为多数男性所凌辱，生出“小龟子”和“淫贱材儿”来！所以，现在成了问题的“守节”，在那时，其实是只准“良民”专利的特典。在这样的治下，这样的地狱里，做一首诗就能超生的么？

我这回从杭世骏的《订讹类编》（续补卷上）里，这才确切的知道了这佳话的欺骗。他说：“……考铁长女诗，乃吴人范昌期《题老妓卷》作也。诗云：‘教坊落籍洗铅华，一片春心对落花。旧曲听来空有恨，故园归去却无家。云鬟半亸临青镜，雨泪频弹湿绛纱。安得江州司马在，尊前重为赋琵琶。’昌期，字鸣凤；诗见张士瀹《国朝文纂》。同时杜琼用嘉亦有次韵诗，题曰《无题》，则其非铁氏作明矣。次女诗所谓‘春来雨露深如海，嫁得刘郎胜阮郎’，其论尤为不伦。宗正睦㮮论革除事，谓建文流落西南诸诗，皆好事伪作，则铁女之诗可知。……”

《国朝文纂》我没有见过，铁氏次女的诗，杭世骏也并未寻出根底，但我以为他的话是可信的，——虽然他败坏了口口相传的韵事。况且一则他也是一个认真的考证学者，二则我觉得凡是得到大杀风景的结果的考证，往往比表面说得好听，玩得有趣的东西近真。

首先将范昌期的诗嫁给铁氏长女，聊以自欺欺人的是谁呢?我也不知道。但“浮光掠影”的一看，倒也罢了，一经杭世骏道破，再去看时，就很明白的知道了确是咏老妓之作，那第一句就不像现任官妓的口吻。不过中国的有一些士大夫，总爱无中生有，移花接木的造出故事来，他们不但歌颂升平，还粉饰黑暗。关于铁氏二女的撒谎，尚其小焉者耳，大至胡元杀掠，满清焚屠之际，也还会有人单单捧出什么烈女绝命，难妇题壁的诗词来，这个艳传，那个步韵，比对于华屋丘墟，生民涂炭之惨的大事情还起劲。到底是刻了一本集，连自己们都附进去，而韵事也就完结了。

我在写着这些的时候，病是要算已经好了的了，用不着写遗书。但我想在这里趁便拜托我的相识的朋友，将来我死掉之后，即使在中国还有追悼的可能，也千万不要给我开追悼会或者出什么记念册。因为这不过是活人的讲演或挽联的斗法场，为了造语惊人，对仗工稳起见，有些文豪们是简直不恤于胡说八道的。结果至多也不过印成一本书，即使有谁看了，于我死人，于读者活人，都无益处，就是对于作者，其实也并无益处，挽联做得好，也不过挽联做得好而已。

现在的意见，我以为倘有购买那些纸墨白布的闲钱，还不如选几部明人，清人或今人的野史或笔记来印印，倒是于大家很有益处的。但是要认真，用点工夫，标点不要错。

一九三四年十二月十一日

第七辑 《且介亭杂文二集》

隐 士

隐士，历来算是一个美名，但有时也当作一个笑柄。最显著的，则有刺陈眉公的“翩然一只云中鹤，飞去飞来宰相衙”的诗，至今也还有人提及。我以为这是一种误解。因为一方面，是“自视太高”，于是别方面也就“求之太高”，彼此“忘其所以”，不能“心照”，而又不能“不宣”，从此口舌也多起来了。

非隐士的心目中的隐士，是声闻不彰，息影山林的人物。但这种人物，世间是不会知道的。一到挂上隐士的招牌，则即使他并不“飞去飞来”，也一定难免有些表白，张扬；或是他的帮闲们的开锣喝道——隐士家里也会有帮闲，说起来似乎不近情理，但一到招牌可以换饭的时候，那是立刻就有帮闲的，这叫作“啃招牌边”。这一点，也颇为非隐士的人们所诟病，以为隐士身上而有油可揩，则隐士之阔绰可想了。其实这也是一种“求之太高”的误解，和硬要有名的隐士，老死山林中者相同。凡是有名的隐士，他总是已经有了“悠哉游哉，聊以卒岁”的幸福的。倘不然，朝砍柴，昼耕田，晚浇菜，夜织屦，又那有吸烟品茗，吟诗作文的闲暇？陶渊明先生是我们中国赫赫有名的大隐，一名“田园诗人”，自然，他并不办期刊，也赶不上吃“庚款”，然而他有奴子。汉晋时候的奴子，是不但侍候主人，并且给主人种地，营商的，正是生财器具。所以虽是渊明先生，也还略略有些生财之道在，要不然，他老人家不但没有酒喝，而且没有饭吃，早已在东篱旁边饿死了。

所以我们倘要看看隐君子风，实际上也只能看看这样的隐君子，真的“隐君子”是没法看到的。古今著作，足以汗牛而充栋，但我们可能找出樵夫渔父的著作来？他们的著作是砍柴和打鱼。至于那些文士诗翁，自称什么钓徒樵子的，倒大抵是悠游自得的封翁或公子，何尝捏过钓竿或斧头柄。要在他们身上赏鉴隐逸气，我敢说，这只能怪自己胡涂。

登仕，是啖饭之道，归隐，也是啖饭之道。假使无法啖饭，那就连“隐”也隐不成了。“飞去飞来”，正是因为要“隐”，也就是因为要啖饭；肩出“隐士”的招牌来，挂在“城市山林”里，这就正是所谓“隐”，也就是啖饭之道。帮闲们或开锣，或喝道，那是因为自己还不配“隐”，所以只好揩一点“隐”油，其实也还不外乎啖饭之道。汉唐以来，实际上是入仕并不算鄙，隐居也不算高，而且也不算穷，必须欲“隐”而不得，这才看作士人的末路。唐末有一位诗人左偃，自述他悲惨的境遇道：“谋隐谋官两无成”，是用七个字道破了所谓“隐”的秘密的。

“谋隐”无成，才是沦落，可见“隐”总和享福有些相关，至少是不必十分挣扎谋生，颇有悠闲的余裕。但赞颂悠闲，鼓吹烟茗，却又是挣扎之一种，不过挣扎得隐藏一些。虽“隐”，也仍然要噉饭，所以招牌还是要油漆，要保护的。泰山崩，黄河溢，隐士们目无见，耳无闻，但苟有议及自己们或他的一伙的，则虽千里之外，半句之微，他便耳聪目明，奋袂而起，好像事件之大，远胜于宇宙之灭亡者，也就为了这缘故。其实连和苍蝇也何尝有什么相关。

明白这一点，对于所谓“隐士”也就毫不诧异了，心照不宣，彼此都省事。

一九三五年一月二十五日

漫画而又漫画

德国现代的画家格罗斯（George Grosz），中国已经绍介过好几回，总可以不算陌生人了。从有一方说，他也可以算是漫画家；那些作品，大抵是白地黑线的。

他在中国的遭遇，还算好，翻印的画虽然制版术太坏了，或者被缩小，黑线白地却究竟还是黑线白地。不料中国“文艺”家的脑子今年反常了，在挂着“文艺”招牌的杂志上绍介格罗斯的黑白画，线条都变了雪白；地子呢，有蓝有红，真是五颜六色，好看得很。

自然，我们看石刻的拓本，大抵是黑地白字的。但翻印的绘画，却还没有见过将青绿山水变作红黄山水，水墨龙化为水粉龙的大改造。有之，是始于二十世纪过了三十五年的上海的“文艺”家。我才知道画家作画时候的调色，配色之类，都是多事。一经中国“文艺”家的手，全无问题，——嗡，嗡，随随便便。

这些翻印的格罗斯的画是有价值的，是漫画而又漫画。

一九三五年二月二十八日

人生识字胡涂始

中国的成语只有“人生识字忧患始”，这一句是我翻造的。

孩子们常常给我好教训，其一是学话。他们学话的时候，没有教师，没有语法教科书，没有字典，只是不断的听取，记住，分析，比较，终于懂得每个词的意义，到得两三岁，普通的简单的话就大概能够懂，而且能够说了，也不大有错误。小孩子往往喜欢听人谈天，更喜欢陪客，那大目的，固然在于一同吃点心，但也为了爱热闹，尤其是在研究别人的言语，看有什么对于自己有关系——能懂，该问，或可取的。

我们先前的学古文也用同样的方法，教师并不讲解，只要你死读，自己去记住，分析，比较去。弄得好，是终于能够有些懂，并且竟也可以写出几句来的，然而到底弄不通的也多得很。自以为通，别人也以为通了，但一看底细，还是并不怎么通，连明人小品都点不断的，又何尝少有？人们学话，从高等华人以至下等华人，只要不是聋子或哑子，学不会的是几乎没有的，一到学文，就不同了，学会的恐怕不过极少数，就是所谓学会了的人们之中，请恕我坦白的再来重复的说一句罢，大约仍然胡胡涂涂的还是很不少。这自然是古文作怪。因为我们虽然拼命的读古文，但时间究竟是有限的，不像说话，整天的可以听见；而且所读的书，也许是《庄子》和《文选》呀，《东莱博议》呀，《古文观止》呀，从周朝人的文章，一直读到明朝人的文章，非常驳杂，脑子给古今各种马队践踏了一通之后，弄得乱七八遭，但蹄迹当然是有些存留的，这就是所谓“有所得”。这一种“有所得”当然不会清清楚楚，大概是似懂非懂的居多，所以自以为通文了，其实却没有通，自以为识字了，其实也没有识。自己本是胡涂的，写起文章来自然也胡涂，读者看起文章来，自然也不会倒明白。然而无论怎样的胡涂文作者，听他讲话，却大抵清楚，不至于令人听不懂的——除了故意大显本领的讲演之外。因此我想，这“胡涂”的来源，是在识字和读书。

例如我自己，是常常会用些书本子上的词汇的。虽然并非什么冷僻字，或者连读者也并不觉得是冷僻字。然而假如有一位精细的读者，请了我去，交给我一枝铅笔和一张纸，说道，“您老的文章里，说过这山是‘崚嶒’的，那山是‘巉岩’的，那究竟是怎么一副样子呀？您不会画画儿也不要紧，就钩出一点轮廓来给我看看罢。请，请，请……”这时我就会腋下出汗，恨无地洞可钻。因为我实在连自己也不知道“崚嶒”和“巉岩”究竟是什么样子，这形容词，是从旧书上钞来的，向来就并没有弄明白，一经切实的考查，就糟了。此外如“幽婉”，“玲珑”，“蹒跚”，“嗫嚅”……之类，还多得很。

说是白话文应该“明白如话”，已经要算唱厌了的老调了，但其实，现在的许多白话文却连“明白如话”也没有做到。倘要明白，我以为第一是在作者先把似识非识的字放弃，从活人的嘴上，采取有生命的词汇，搬到纸上来；也就是学学孩子，只说些自己的确能懂的话。至于旧语的复活，方言的普遍化，那自然也是必要的，但一须选择，二须有字典以确定所含的意义，这是另一问题，在这里不说它了。

一九三五年四月二日

什么是“讽刺”？

——答文学社问

我想：一个作者，用了精炼的，或者简直有些夸张的笔墨——但自然也必须是艺术的地——写出或一群人的或一面的真实来，这被写的一群人，就称这作品为“讽刺”。

“讽刺”的生命是真实；不必是曾有的实事，但必须是会有的实情。所以它不是“捏造”，也不是“诬蔑”；既不是“揭发阴私”，又不是专记骇人听闻的所谓“奇闻”或“怪现状”。它所写的事情是公然的，也是常见的，平时是谁都不以为奇的，而且自然是谁都毫不注意的。不过这事情在那时却已经是不合理，可笑，可鄙，甚而至于可恶。但这么行下来了，习惯了，虽在大庭广众之间，谁也不觉得奇怪；现在给它特别一提，就动人。譬如罢，洋服青年拜佛，现在是平常事，道学先生发怒，更是平常事，只消几分钟，这事迹就过去，消灭了。但“讽刺”却是正在这时候照下来的一张相，一个撅着屁股，一个皱着眉心，不但自己和别人看起来有些不很雅观，连自己看见也觉得不很雅观；而且流传开去，对于后日的大讲科学和高谈养性，也不免有些妨害。倘说，所照的并非真实，是不行的，因为这时有目共睹，谁也会觉得确有这等事；但又不好意思承认这是真实，失了自己的尊严。于是挖空心思，给起了一个名目，叫作“讽刺”。其意若曰：它偏要提出这等事，可见也不是好货。

有意的偏要提出这等事，而且加以精炼，甚至于夸张，却确是“讽刺”的本领。同一事件，在拉杂的非艺术的记录中，是不成为讽刺，谁也不大会受感动的。例如新闻记事，就记忆所及，今年就见过两件事。其一，是一个青年，冒充了军官，向各处招摇撞骗，后来破获了，他就写忏悔书，说是不过借此谋生，并无他意。其二，是一个窃贼招引学生，教授偷窃之法，家长知道，把自己的子弟禁在家里了，他还上门来逞凶。较可注意的事件，报上是往往有些特别的批评文字的，但对于这两件，却至今没有说过什么话，可见是看得很平常，以为不足介意的了。然而这材料，假如到了斯惠夫德（J. Swift）或果戈理（N. Goglol）的手里，我看是准可以成为出色的讽刺作品的。在或一时代的社会里，事情越平常，就越普遍，也就愈合于作讽刺。

讽刺作者虽然大抵为被讽刺者所憎恨，但他却常常是善意的，他的讽刺，在希望他们改善，并非要捺这一群到水底里。然而待到同群中有讽刺作者出现的时候，这一群却已是不可收拾，更非笔墨所能救了，所以这努力大抵是徒劳的，而且还适得其反，实际上不过表现了这一群的缺点以至恶德，而对于敌对的别一群，倒反成为有益。我想：从别一群看来，感受是和被讽刺的那一群不同的，他们会觉得“暴露”更多于“讽刺”。

如果貌似讽刺的作品，而毫无善意，也毫无热情，只使读者觉得一切世事，一无足取，也一无可为，那就并非讽刺了，这便是所谓“冷嘲”。

一九三五年五月三日

从帮忙到扯淡

“帮闲文学”曾经算是一个恶毒的贬辞，——但其实是误解的。

《诗经》是后来的一部经，但春秋时代，其中的有几篇就用之于侑酒；屈原是“楚辞”的开山老祖，而他的《离骚》，却只是不得帮忙的不平。到得宋玉，就现有的作品看起来，他已经毫无不平，是一位纯粹的清客了。然而《诗经》是经，也是伟大的文学作品；屈原宋玉，在文学史上还是重要的作家。为什么呢？——就因为他究竟有文采。

中国的开国的雄主，是把“帮忙”和“帮闲”分开来的，前者参与国家大事，作为重臣，后者却不过叫他献诗作赋，“俳优蓄之”，只在弄臣之例。不满于后者的待遇的是司马相如，他常常称病，不到武帝面前去献殷勤，却暗暗的作了关于封禅的文章，藏在家里，以见他也有计画大典——帮忙的本领，可惜等到大家知道的时候，他已经“寿终正寝”了。然而虽然并未实际上参与封禅的大典，司马相如在文学史上也还是很重要的作家。为什么呢？就因为他究竟有文采。

但到文雅的庸主时，“帮忙”和“帮闲”的可就混起来了，所谓国家的柱石，也常是柔媚的词臣，我们在南朝的几个末代时，可以找出这实例。然而主虽然“庸”，却不“陋”，所以那些帮闲者，文采却究竟还有的，他们的作品，有些也至今不灭。

谁说“帮闲文学”是一个恶毒的贬辞呢？

就是权门的清客，他也得会下几盘棋，写一笔字，画画儿，识古董，懂得些猜拳行令，打趣插科，这才能不失其为清客。也就是说，清客，还要有清客的本领的，虽然是有骨气者所不屑为，却又非搭空架者所能企及。例如李渔的《一家言》，袁枚的《随园诗话》，就不是每个帮闲都做得出来的。必须有帮闲之志，又有帮闲之才，这才是真正的帮闲。如果有其志而无其才，乱点古书，重抄笑话，吹拍名士，拉扯趣闻，而居然不顾脸皮，大摆架子，反自以为得意，——自然也还有人以为有趣，——但按其实，却不过“扯淡”而已。

帮闲的盛世是帮忙，到末代就只剩了这扯淡。

一九三五年六月六日

论“人言可畏”

“人言可畏”是电影明星阮玲玉自杀之后，发见于她的遗书中的话。这哄动一时的事件，经过了一通空论，已经渐渐冷落了，只要《玲玉香消记》一停演，就如去年的艾霞自杀事件一样，完全烟消火灭。她们的死，不过像在无边的人海里添了几粒盐，虽然使扯淡的嘴巴们觉得有些味道，但不久也还是淡，淡，淡。

这句话，开初是也曾惹起一点小风波的。有评论者，说是使她自杀之咎，可见也在日报记事对于她的诉讼事件的张扬；不久就有一位记者公开的反驳，以为现在的报纸的地位，舆论的威信，可怜极了，那里还有丝毫主宰谁的运命的力量，况且那些记载，大抵采自经官的事实，绝非捏造的谣言，旧报具在，可以复按。所以阮玲玉的死，和新闻记者是毫无关系的。

这都可以算是真实话。然而——也不尽然。

现在的报章之不能像个报章，是真的；评论的不能逞心而谈，失了威力，也是真的，明眼人决不会过分的责备新闻记者。

但是，新闻的威力其实是并未全盘坠地的，它对甲无损，对乙却会有伤；对强者它是弱者，但对更弱者它却还是强者，所以有时虽然吞声忍气，有时仍可以耀武扬威。于是阮玲玉之流，就成了发扬余威的好材料了，因为她颇有名，却无力。小市民总爱听人们的丑闻，尤其是有些熟识的人的丑闻。上海的街头巷尾的老虔婆，一知道近邻的阿二嫂家有野男人出入，津津乐道，但如果对她讲甘肃的谁在偷汉，新疆的谁在再嫁，她就不要听了。阮玲玉正在现身银幕，是一个大家认识的人，因此她更是给报章凑热闹的好材料，至少也可以增加一点销场。读者看了这些，有的想："我虽然没有阮玲玉那么漂亮，却比她正经"；有的想："我虽然不及阮玲玉的有本领，却比她出身高"；连自杀了之后，也还可以给人想："我虽然没有阮玲玉的技艺，却比她有勇气，因为我没有自杀"。化几个铜元就发见了自己的优胜，那当然是很上算的。但靠演艺为生的人，一遇到公众发生了上述的前两种的感想，她就够走到末路了。所以我们且不要高谈什么连自己也并不了然的社会组织或意志强弱的滥调，先来设身处地的想一想罢，那么，大概就会知道阮玲玉的以为"人言可畏"，是真的，或人的以为她的自杀，和新闻记事有关，也是真的。

但新闻记者的辩解，以为记载大抵采自经官的事实，却也是真的。上海的有些介乎大报和小报之间的报章，那社会新闻，几乎大半是官司已经吃到公安局或工部局去了的案件。但有一点坏习气，是偏要加上些描写，对于女性，尤喜欢加上些描写；

这种案件，是不会有名公巨卿在内的，因此也更不妨加上些描写。案中的男人的年纪和相貌，是大抵写得老实的，一遇到女人，可就要发挥才藻了，不是“徐娘半老，风韵犹存”，就是“豆蔻年华，玲珑可爱”。一个女孩儿跑掉了，自奔或被诱还不可知，才子就断定道，“小姑独宿，不惯无郎”，你怎么知道？一个村妇再醮了两回，原是穷乡僻壤的常事，一到才子的笔下，就又赐以大字的题目道，“奇淫不减武则天”，这程度你又怎么知道？这些轻薄句子，加之村姑，大约是并无什么影响的，她不识字，她的关系人也未必看报。但对于一个智识者，尤其是对于一个出到社会上了的女性，却足够使她受伤，更不必说故意张扬，特别渲染的文字了。然而中国的习惯，这些句子是摇笔即来，不假思索的，这时不但不会想到这也是玩弄着女性，并且也不会想到自己乃是人民的喉舌。但是，无论你怎么描写，在强者是毫不要紧的，只消一封信，就会有正误或道歉接着登出来，不过无拳无勇如阮玲玉，可就正做了吃苦的材料了，她被额外的画上一脸花，没法洗刷。叫她奋斗吗？她没有机关报，怎么奋斗；有冤无头，有怨无主，和谁奋斗呢？我们又可以设身处地的想一想，那么，大概就又知她的以为“人言可畏”，是真的，或人的以为她的自杀，和新闻记事有关，也是真的。

然而，先前已经说过，现在的报章的失了力量，却也是真的，不过我以为还没有到达如记者先生所自谦，竟至一钱不值，毫无责任的时候。因为它对于更弱者如阮玲玉一流人，也还有左右她命运的若干力量的，这也就是说，它还能为恶，自然也还能为善。“有闻必录”或“并无能力”的话，都不是向上的负责的记者所该采用的口头禅，因为在实际上，并不如此，——它是有选择的，有作用的。

至于阮玲玉的自杀，我并不想为她辩护。我是不赞成自杀，自己也不豫备自杀的。但我的不豫备自杀，不是不屑，却因为不能。凡有谁自杀了，现在是总要受一通强毅的评论家的呵斥，阮玲玉当然也不在例外。然而我想，自杀其实是不很容易，决没有我们不豫备自杀的人们所渺视的那么轻而易举的。倘有谁以为容易么，那么，你倒试试看！

自然，能试的勇者恐怕也多得很，不过他不屑，因为他有对于社会的伟大的任务。那不消说，更加是好极了，但我希望大家都有一本笔记簿，写下所尽的伟大的任务来，到得有了曾孙的时候，拿出来算一算，看看怎么样。

一九三五年五月五日

“文人相轻”

老是说着同样的一句话是要厌的。在所谓文坛上，前年嚷过一回“文人无行”，去年是闹了一通“京派和海派”，今年又出了新口号，叫作“文人相轻”。

对于这风气，口号家很愤恨，他的“真理哭了”，于是大声疾呼，投一切“文人”以轻蔑。“轻蔑”，他是最憎恶的，但因为他们“相轻”，损伤了他理想中的一道同风的天下，害得他自己也只好施行轻蔑术了。自然，这是“即以其人之道，还治其人之身”，是古圣人的良法，但“相轻”的恶弊，可真也不容易除根。

我们如果到《文选》里去找词汇的时候，大概是可以遇着“文人相轻”这四个字的，拾来用用，似乎也还有些漂亮。然而，曹聚仁先生已经在《自由谈》（四月九日至十一日）上指明，曹丕之所谓“文人相轻”者，是“文非一体，鲜能备善，是以各以所长，相轻所短”，凡所指摘，仅限于制作的范围。一切别的攻击形体，籍贯，诬赖，造谣，以至施蛰存先生式的

“他自己也是这样的呀”，或魏金枝先生式的“他的亲戚也和我一样了呀”之类，都不在内。倘把这些都作为曹丕所说的“文人相轻”，是混淆黑白，真理虽然大哭，倒增加了文坛的黑暗的。

我们如果到《庄子》里去找词汇，大概又可以遇着两句宝贝的教训：“彼亦一是非，此亦一是非”，记住了来作危急之际的护身符，似乎也不失为漂亮。然而这是只可暂时口说，难以永远实行的。喜欢引用这种格言的人，那精神的相距之远，更甚于叭儿之与老聃，这里不必说它了。就是庄生自己，不也在《天下篇》里，历举了别人的缺失，以他的“无是非”轻了一切“有所是非”的言行吗？要不然，一部《庄子》，只要“今天天气哈哈哈……”七个字就写完了。

但我们现在所处的并非汉魏之际，也不必恰如那时的文人，一定要“各以所长，相轻所短”。凡批评家的对于文人，或文人们的互相评论，各各“指其所短，扬其所长”固可，即“掩其所短，称其所长”亦无不可。然而那一面一定得有“所长”，这一面一定得有明确的是非，有热烈的好恶。假使被今年新出的“文人相轻”这一个模模胡胡的恶名所吓昏，对于充风流的富儿，装古雅的恶少，销淫书的瘪三，无不“彼亦一是非，此亦一是非”，一律拱手低眉，不敢说或不屑说，那么，这是怎样的批评家或文人呢？——他先就非被“轻”不可的！

一九三五年四月十四日

再论“文人相轻”

今年的所谓“文人相轻”，不但是混淆黑白的口号，掩护着文坛的昏暗，也在给有一些人“挂着羊头卖狗肉”的。

真的“各以所长，相轻所短”的能有多少呢！我们在近几年所遇见的，有的是“以其所短，轻人所短”。例如白话文中，有些是诘屈难读的，确是一种“短”，于是有人提了小品或语录，向这一点昂然进攻了，但不久就露出尾巴来，暴露了他连对于自己所提倡的文章，也常常点着破句，“短”得很。有的却简直是“以其所短，轻人所长”了。例如轻蔑“杂文”的人，不但他所用的也是“杂文”，而他的“杂文”，比起他所轻蔑的别的“杂文”来，还拙劣到不能相提并论。那些高谈阔论，不过是契诃夫（A. Chekhov）所指出的登了不识羞的顶颠，傲视着一切，被轻者是无福和他们比较的，更从什么地方“相”起？现在谓之“相”，其实是给他们一扬，靠了这“相”，也是“文人”了。然而，“所长”呢？

况且现在文坛上的纠纷，其实也并不是为了文笔的短长。

文学的修养，决不能使人变成木石，所以文人还是人，既然还是人，他心里就仍然有是非，有爱憎；但又因为是文人，他的是非就愈分明，爱憎也愈热烈。从圣贤一直敬到骗子屠夫，从美人香草一直爱到麻疯病菌的文人，在这世界上是找不到的，遇见所是和所爱的，他就拥抱，遇见所非和所憎的，他就反拨。如果第三者不以为然了，可以指出他所非的其实是“是”，他所憎的其实该爱来，单用了笼统的“文人相轻”这一句空话，是不能抹杀的，世间还没有这种便宜事。一有文人，就有纠纷，但到后来，谁是谁非，孰存孰亡，都无不明明白白。因为还有一些读者，他的是非爱憎，是比和事老的评论家还要清楚的。

然而，又有人来恐吓了。他说，你不怕么？古之嵇康，在柳树下打铁，钟会来看他，他不客气，问道：“何所闻而来，何所见而去？”于是得罪了钟文人，后来被他在司马懿面前搬是非，送命了。所以你无论遇见谁，应该赶紧打拱作揖，让坐献茶，连称“久仰久仰”才是。这自然也许未必全无好处，但做文人做到这地步，不是很有些近乎婊子了么？况且这位恐吓家的举例，其实也是不对的，嵇康的送命，并非为了他是傲慢的文人，大半倒因为他是曹家的女婿，即使钟会不去搬是非，也总有人去搬是非的，所谓“重赏之下，必有勇夫”者是也。

不过我在这里，并非主张文人应该傲慢，或不妨傲慢，只是说，文人不应该随和；而且文人也不会随和，会随和的，只有和事老。但这不随和，却又并非回避，只是唱着所是，颂着所爱，而不管所非和所憎；他得像热烈地主张着所是一样，热烈地攻击着所非，像热烈地拥抱着所爱一样，更热烈地拥抱着所憎——恰如赫尔库来斯（Hercules）的紧抱了巨人安太乌斯（Antaeus）一样，因为要折断他的肋骨。

一九三五年五月五日

名人和名言

《太白》二卷七期上有一篇南山先生的《保守文言的第三道策》，他举出：第一道是说“要做白话由于文言做不通”，第二道是说“要白话做好，先须文言弄通”。十年之后，才来了太炎先生的第三道，“他以为你们说文言难，白话更难。理由是现在的口头语，有许多是古语，非深通小学就不知道现在口头语的某音，就是古代的某音，不知道就是古代的某字，就要写错。……”

太炎先生的话是极不错的。现在的口头语，并非一朝一夕，从天而降的语言，里面当然有许多是古语，既有古语，当然会有许多曾见于古书，如果做白话的人，要每字都到《说文解字》里去找本字，那的确比做任用借字的文言要难到不知多少倍。然而自从提倡白话以来，主张者却没有一个以为写白话的主旨，是在从“小学”里寻出本字来的，我们就用约定俗成的借字。诚然，如太炎先生说：“乍见熟人而相寒暄曰‘好呀’，‘呀’即‘乎’字；应人之称曰‘是唉’，‘唉’即‘也’字。”但我们即使知道了这两字，也不用“好乎”或“是也”，还是用“好呀”或“是唉”。因为白话是写给现代的人们看，并非写给商周秦汉的鬼看的，起古人于地下，看了不懂，我们也毫不畏缩。所以太炎先生的第三道策，其实是文不对题的。这缘故，是因为先生把他所专长的小学，用得范围太广了。

我们的知识很有限，谁都愿意听听名人的指点，但这时就来了一个问题：听博识家的话好，还是听专门家的话好呢？解答似乎很容易：都好。自然都好；但我由历听了两家的种种指点以后，却觉得必须有相当的警戒。因为是：博识家的话多浅，专门家的话多悖的。

博识家的话多浅，意义自明，惟专门家的话多悖的事，还得加一点申说。他们的悖，未必悖在讲述他们的专门，是悖在倚专家之名，来论他所专门以外的事。社会上崇敬名人，于是以为名人的话就是名言，却忘记了他之所以得名是那一种学问或事业。名人被崇奉所诱惑，也忘记了自己之所以得名是那一种学问或事业，渐以为一切无不胜人，无所不谈，于是乎就悖起来了。其实，专门家除了他的专长之外，许多见识是往往不及博识家或常识者的。太炎先生是革命的先觉，小学的大师，倘谈文献，讲《说文》，当然娓娓可听，但一到攻击现在的白话，便牛头不对马嘴，即其一例。还有江亢虎博士，是先前以讲社会主义出名的名人，他的社会主义到底怎么样呢，我不知道。只是今年忘其所以，谈到小学，说“‘德’之古字为‘悳’，从‘直’从‘心’，‘直’即直觉之意”，却真不知道悖到那里去了，他竟连那上半并不是曲直的直字这一点都不明白。这种解释，却须听太炎先生了。

不过在社会上，大概总以为名人的话就是名言，既是名人，也就无所不通，无所不晓。所以译一本欧洲史，就请英国话说得漂亮的名人校阅，编一本经济学，又乞古文做得好的名人题签；学界的名人绍介医生，说他“术擅岐黄”，商界的名人称赞画家，说他“精研六法”。……

这也是一种现在的通病。德国的细胞病理学家维尔晓（Virchow），是医学界的泰斗，举国皆知的名人，在医学史上的位置，是极为重要的，然而他不相信进化论，他那被教徒所利用的几回讲演，据赫克尔（Haeckel）说，很给了大众不少坏影响。因为他学问很深，名甚大，于是自视甚高，以为他所不解的，此后也无人能解，又不深研进化论，便一口归功于上帝了。现在中国屡经绍介的法国昆虫学大家法布耳（Fabre），也颇有这倾向。他的著作还有两种缺点：一是嗤笑解剖学家，二是用人类道德于昆虫界。但倘无解剖，就不能有他那样精到的观察，因为观察的基础，也还是解剖学；农学者根据对于人类的利害，分昆虫为益虫和害虫，是有理可说的，但凭了当时的人类的道德和法律，定昆虫为善虫或坏虫，却是多余了。有些严正的科学者，对于法布耳的有微词，实也并非无故。但倘若对这两点先加警戒，那么，他的大著作《昆虫记》十卷，读起来也还是一部很有趣，也很有益的书。

不过名人的流毒，在中国却较为利害，这还是科举的余波。

那时候，儒生在私塾里揣摩高头讲章，和天下国家何涉，但一登第，真是“一举成名天下知”，他可以修史，可以衡文，可以临民，可以治河；到清朝之末，更可以办学校，开煤矿，练新军，造战舰，条陈新政，出洋考察了。成绩如何呢，不待我多说。

这病根至今还没有除，一成名人，便有“满天飞”之概。我想，自此以后，我们是应该将“名人的话”和“名言”分开来的，名人的话并不都是名言；许多名言，倒出自田夫野老之口。这也就是说，我们应该分别名人之所以名，是由于那一门，而对于他的专门以外的纵谈，却加以警戒。苏州的学子是聪明的，他们请太炎先生讲国学，却不请他讲簿记学或步兵操典，——可惜人们却又不肯想得更细一点了。

我很自歉这回时时涉及了太炎先生。但“智者千虑，必有一失”，这大约也无伤于先生的“日月之明”的。至于我的所说，可是我想，“愚者千虑，必有一得”，盖亦“悬诸日月而不刊”之论也。

一九三五年七月一日

几乎无事的悲剧

果戈理（Nikolai Gogol）的名字，渐为中国读者所认识了，他的名著《死魂灵》的译本，也已经发表了第一部的一半。那译文虽然不能令人满意，但总算借此知道了从第二至六章，一共写了五个地主的典型，讽刺固多，实则除一个老太婆和吝啬鬼泼留希金外，都各有可爱之处。至于写到农奴，却没有一点可取了，连他们诚心来帮绅士的忙，也不但无益，反而有害。果戈理自己就是地主。

然而当时的绅士们很不满意，一定的照例的反击，是说书中的典型，多是果戈理自己，而且他也并不知道大俄罗斯地主的情形。这是说得通的，作者是乌克兰人，而看他的家信，有时也简直和书中的地主的意见相类似。然而即使他并不知道大俄罗斯的地主的情形罢，那创作出来的脚色，可真是生动极了，直到现在，纵使时代不同，国度不同，也还使我们像是遇见了有些熟识的人物。讽刺的本领，在这里不及谈，单说那独特之处，尤其是在用平常事，平常话，深刻的显出当时地主的无聊生活。例如第四章里的罗士特来夫，是地方恶少式的地主，赶热闹，爱赌博，撒大谎，要恭维，——但挨打也不要紧。他在酒店里遇到乞乞科夫，夸示自己的好小狗，勒令乞乞科夫摸过狗耳朵之后，还要摸鼻子——

> “乞乞科夫要和罗士特来夫表示好意，便摸了一下那狗的耳朵。‘是的，会成功一匹好狗的。’他加添着说。
>
> “‘再摸摸它那冰冷的鼻头，拿手来呀！’因为要不使他扫兴，乞乞科夫就又一碰那鼻子，于是说道：‘不是平常的鼻子！’”

这种莽撞而沾沾自喜的主人，和深通世故的客人的圆滑的应酬，是我们现在还随时可以遇见的，有些人简直以此为一世的交际术。“不是平常的鼻子”，是怎样的鼻子呢？说不明的，但听者只要这样也就足够了。后来又同到罗士特来夫的庄园去，历览他所有的田产和东西——

> “还去看克理米亚的母狗，已经瞎了眼，据罗士特来夫说，是就要倒毙的。两年以前，却还是一条很好的母狗。大家也来察看这母狗，看起来，它也确乎瞎了眼。”

这时罗士特来夫并没有说谎，他表扬着瞎了眼的母狗，看起来，也确是瞎了眼的母狗。这和大家有什么关系呢，然而世界上有一些人，却确是嚷闹，表扬，夸示着这一类事，又竭力证实着这一类事，算是忙人和诚实人，在过了他的整一世。

这些极平常的，或者简直近于没有事情的悲剧，正如无声的言语一样，非由诗人画出它的形象来，是很不容易觉察的。然而人们灭亡于英雄的特别的悲剧者少，消磨于极平常的，或者简直近于没有事情的悲剧者却多。

听说果戈理的那些所谓“含泪的微笑”，在他本土，现在是已经无用了，来替代它的有了健康的笑。但在别地方，也依然有用，因为其中还藏着许多活人的影子。况且健康的笑，在被笑的一方面是悲哀的，所以果戈理的“含泪的微笑”，倘传到了和作者地位不同的读者的脸上，也就成为健康：这是《死魂灵》的伟大处，也正是作者的悲哀处。

一九三五年七月十四日

逃名

就在这几天的上海报纸上，有一条广告，题目是四个一寸见方的大字——

“看救命去!”

如果只看题目，恐怕会猜想到这是展览着外科医生对重病人施行大手术，或对淹死的人用人工呼吸，救助触礁船上的人员，挖掘崩坏的矿穴里面的工人的。但其实并不是。还是照例的“筹赈水灾游艺大会”，看陈皮梅沈一呆的独脚戏，月光歌舞团的歌舞之类。诚如广告所说，“化洋五角，救人一命，……一举两得，何乐不为”，钱是要拿去救命的，不过所“看”的却其实还是游艺，并不是“救命”。

有人说中国是“文字国”，有些像，却还不充足，中国倒该说是最不看重文字的“文字游戏国”，一切总爱玩些实际以上花样，把字和词的界说，闹得一团糟，弄到暂时非把“解放”解作“孥戮”，“跳舞”解作“救命”不可。捣一场小乱子，就是伟人，编一本教科书，就是学者，造几条文坛消息，就是作家。

于是比较自爱的人，一听到这些冠冕堂皇的名目就骇怕了，竭力逃避。逃名，其实是爱名的，逃的是这一团糟的名，不愿意酱在那里面。

天津《大公报》的副刊《小公园》，近来是标榜了重文不重名的。这见识很确当。不过也偶有“老作家”的作品，那当然为了作品好，不是为了名。然而八月十六日那一张上，却发表了很有意思的“许多前辈作家附在来稿后面的叮嘱”：

“把我这文章放在平日，我愿意那样，我骄傲那样。我和熟人的名字并列得厌倦了，我愿着挤在虎生生的新人群里，因为许多时候他们的东西来得还更新鲜。”

这些“前辈作家”们好像都撒了一点谎。“熟”，是不至于招致“厌倦”的。我们一离乳就吃饭或面，直到现在，可谓熟极了，却还没有厌倦。这一点叮嘱，如果不是编辑先生玩的双簧的花样，也不是前辈作家玩的借此“返老还童”的花样，那么，这所证明的是：所谓“前辈作家”也者，有一批是盗名的，因此使别一批羞与为伍，觉得和“熟人的名字并列得厌倦”，决计逃走了。

从此以后，他们只要“挤在虎生生的新人群里”就舒舒服服，还是作品也就“来得还更新鲜”了呢，现在很难测定。逃名，固然也不能说是豁达，但有去就，有爱憎，究竟总不失为洁身自好之士。《小公园》里，已经有人在现身说法了，而上海滩上，却依然有人在“掏腰包”，造消息，或自称“言行一致”，或大呼“冤哉枉也”，或拖明朝死尸搭台，或请现存古人喝道，或自收自己的大名入辞典中，定为“中国作家”，或自编自己的作品入画集里，名曰“现代杰作”——忙忙碌碌，鬼鬼祟祟，煞是好看。

作家一排一排的坐着，将来使人笑，使人怕，还是使人“厌倦”呢？——现在也很难测定。但若据“前车之鉴”，则“后之视今，亦犹今之视昔”，大约也还不免于“悲夫”的了！

一九三五年八月二十三日

陀思妥夫斯基的事

——为日本三笠书房《陀思妥夫斯基全集》普及本作

到了关于陀思妥夫斯基，不能不说一两句话的时候了。说什么呢？他太伟大了，而自己却没有很细心的读过他的作品。

回想起来，在年青时候，读了伟大的文学者的作品，虽然敬服那作者，然而总不能爱的，一共有两个人。一个是但丁，那《神曲》的《炼狱》里，就有我所爱的异端在；有些鬼魂还在把很重的石头，推上峻峭的岩壁去。这是极吃力的工作，但一松手，可就立刻压烂了自己。不知怎地，自己也好像很是疲乏了。于是我就在这地方停住，没有能够走到天国去。

还有一个，就是陀思妥夫斯基。一读他二十四岁时所作的《穷人》，就已经吃惊于他那暮年似的孤寂。到后来，他竟作为罪孽深重的罪人，同时也是残酷的拷问官而出现了。他把小说中的男男女女，放在万难忍受的境遇里，来试炼它们，不但剥去了表面的洁白，拷问出藏在底下的罪恶，而且还要拷问出藏在那罪恶之下的真正的洁白来。而且还不肯爽利的处死，竭力要放它们活得长久。而这陀思妥夫斯基，则仿佛就在和罪人一同苦恼，和拷问官一同高兴着似的。这决不是平常人做得到的事情，总而言之，就因为伟大的缘故。但我自己，却常常想废书不观。

医学者往往用病态来解释陀思妥夫斯基的作品。这伦勃罗梭式的说明，在现今的大多数的国度里，恐怕实在也非常便利，能得一般人们的赞许的。但是，即使他是神经病者，也是俄国专制时代的神经病者，倘若谁身受了和他相类的重压，那么，愈身受，也就会愈懂得他那夹着夸张的真实，热到发冷的热情，快要破裂的忍从，于是爱他起来的罢。

不过作为中国的读者的我，却还不能熟悉陀思妥夫斯基式的忍从——对于横逆之来的真正的忍从。在中国，没有俄国的基督。在中国，君临的是“礼”，不是神。百分之百的忍从，在未嫁就死了定婚的丈夫，坚苦的一直硬活到八十岁的所谓节妇身上，也许偶然可以发见罢，但在一般的人们，却没有。忍从的形式，是有的，然而陀思妥夫斯基式的掘下去，我以为恐怕也还是虚伪。因为压迫者指为被压迫者的不德之一的这虚伪，对于同类，是恶，而对于压迫者，却是道德的。

但是，陀思妥夫斯基式的忍从，终于也并不只成了说教或抗议就完结。因为这是当不住的忍从，太伟大的忍从的缘故。人们也只好带着罪业，一直闯进但丁的天国，在这里这才大家合唱着，再来修练天人的功德了。只有中庸的人，固然并无坠入地狱的危险，但也恐怕进不了天国的罢。

一九三五年十一月二十日

鲁迅年谱

· 1881 年

八月初三（公历 9 月 25 日），出生于浙江绍兴城内东昌坊口一个姓周的书香门第。小名阿张，本名樟寿，字豫才，后改名树人。至三十八岁，始用鲁迅为笔名。

· 1886 年

七岁入家塾读书，从叔祖玉田先生初诵《启蒙鉴略》。

· 1896 年

九月初六父伯宜公卒，年三十七。父卒后，家境益艰。

· 1898 年

5 月至南京江南水师学堂学习，10 月转入江南陆师学堂附设矿务铁路学堂学习。

· 1899 年

正月，改入江南陆师学堂附设路矿学堂，对于功课并不温习，而每逢考试辄列前茅。课余辄读译本新书，尤好小说，时或外出骑马。

· 1901 年

路矿学堂毕业。

·1902年

3月，由江南督练公所派赴日本留学，入东京弘文学院。课余喜读哲学与文艺之书，尤注意于人性及国民性问题。

·1903年

为《浙江潮》杂志撰文。秋，译《月界旅行》毕。

·1904年

六月初一日，祖父介孚公卒，年六十八。八月，往仙台入医学专门学校肄业。

·1906年

7月回家，与山阴朱女士结婚。同月，复赴日本，在东京研究文艺，中止学医。

·1907年

夏，拟创办文艺杂志，名曰《新生》，以费拙未印，后为《河南》杂志撰文。

·1908年

从章太炎先生炳麟学，为“光复会”会员，并与二弟作人译域外小说。1908年2月始《摩罗诗力说》连载于《河南》月刊第2、3号，支出《坟》。

8月《文明偏至论》发表于《河南》月刊第7号，支出《坟》。

·1909年

3月、7月，与二弟周作人合译的《域外小说集》第1集和第2集分别出版。

8月结束日本留学生活回国。

9月任浙江两级师范学堂化学及生理学教员，兼任日本教员铃木珪寿的植物学翻译。

·1910年

9月兼任绍兴府中学堂监学。

·1911年

10月绍兴光复，任绍兴师范学校校长。冬，写成第一篇试作小说《怀旧》，阅二年始发表于《小说月报》第四卷第一号。

·1912年

2月离开绍兴到南京临时政府教育部任部员。

5月北上，任北京教育部部员。

8月被任命为教育部社会教育司第一科科长。

·1918年

自5月开始创作以后，源源不绝，其第一篇小说《狂人日记》，以鲁迅为笔名，载在《新青年》第四卷第五号，抨击家族制度与礼教之弊害，实为文学革命思想之急先锋。

8月《我之节烈观》发表于《新青年》第5卷第2号，支出《坟》。

9月《随感录·二十五》发表于《新青年》第5卷第3号，支出《热风》。

·1919年

4月《孔乙己》发表于《新青年》第6卷第4号，支出《呐喊》集。

5 月《药》发表于《新青年》第 6 卷第 5 号，支出《呐喊》集。

本月《随感录·五十七·如今的屠杀者》发表于《新青年》第 6 卷第 5 号，支出《热风》。

11 月《我们如今怎样做父亲》发表于《新青年》第 6 卷第 6 号，支出《坟》。

· 1920 年

9 月《风波》发表于《新青年》第 8 卷第 1 号，支出《呐喊》集。

· 1921 年

5 月《故乡》发表于《新青年》第 9 卷第 1 号，支出《呐喊》集。

12 月《阿 Q 正传》连载于 4 日至 1922 年 2 月 12 日《晨报副刊》，支出《呐喊》集。

· 1923 年

8 月《呐喊》集由北京新潮社出版，为新潮社文艺丛书之一。

12 月《中国小说史略》（上卷）由北京新潮社出版。

· 1924 年

3 月《祝愿》发表于《东方杂志》第 21 卷第 6 号，支出《彷徨》集。

同月《肥皂》发表于 27 日、28 日《晨报副刊》支出《彷徨》集。

5月《在酒楼上》发表于《小说月报》第15卷第5号，支出《彷徨》集。

6月《中国小说史略》（下）由北京新潮社出版。

·1925年

4月《春末闲谈》发表于《莽原》周刊第1期，支出《坟》。

同月《夏三虫》发表于《京报》副刊《民众文艺周刊》第16号，支出《华盖集》。

5月《灯下漫笔》发表于《莽原》周刊第2、5期，支出《坟》。

8月《论睁了眼看》发表于《语丝》第38期，支出《坟》。

10月作《孤单者》未另发表，支出《彷徨》集。

同月作《伤逝》，未另发表，支出《彷徨》集。

11月《离婚》发表于《语丝》第54期，支出《彷徨》集。

同月《热风》集由北京北新书局出版。

·1926年

1月《论“费厄泼赖”应该缓行》发表于《莽原》半月刊第1期，支出《坟》。

2月《一点比喻》发表于《莽原》半月刊第4期，支出《华盖集续编》。

4月《记念刘和珍君》发表于《语丝》第74期，支出《华盖集续编》。

6月《华盖集》由北新书局出版。

8 月《彷徨》集由北京北新书局出版。

9 月由北京抵厦门，任厦门大学国文系教授兼国学研究院教授。

·1927 年

1 月辞厦大职，赴广州，任中山大学文学系主任兼教务主任。

3 月《坟》由北京未名社出版。

4 月辞中山大学一切职务。

本月作《庆祝沪宁克复的那一边》，载 5 月 5 日《国民新报》副刊《新出路》第 11 号。

同月始《眉间尺》连载于《莽原》第 2 卷第 8、9 期。1933 年《自全集》出版时易名为《铸剑》，支出《故事新编》。

5 月《华盖集续编》由北新书局出版。

8 月《魏晋风度及文章与药及酒之关系》发表于 11 — 13 日、15—17 日广州《民国日报》副刊《古代青年》，支出《而已集》。

9 月与许广平一同离广州往上海。

11 月《略论中国人的脸》发表于《莽原》半月刊第 2 卷第 21、22 期合刊，支出《而已集》。

·1928 年

10 月《而已集》由上海北新书局出版。

·1930 年

3 月《“硬译”与“文学的阶级性”》发表于《萌芽》月刊

第1卷第3期，支出《二心集》。

同月出席中国左翼作家联盟成立大会。《对于左翼作家联盟的意见》，发表于4月出版的《萌芽》第1卷第4期，支出《二心集》。

5月《“丧家的”“资本家的乏走卒”》发表于《萌芽》第1卷第5期，支出《二心集》。

·1931年

12月《“友邦惊诧”论》发表于《穷乡僻壤》第2期，支出《二心集》。

·1932年

9月《三闲集》由上海北新书局出版。

10月《二心集》由上海合众书店出版。

·1933年

4月《两地书》由上海青光书局出版。

同月《为了忘却的记念》发表于《古代》第2卷第6期，支出《南腔北调集》。

同月《古代史》发表于8日《申报·自在谈》支出《伪自由书》。

5月《文章与标题》发表于5日《申报·自在谈》，支出《伪自由书》。

6月《二丑艺术》发表于18日《申报·自在谈》，支出《准风月谈》。

10月《伪自由书》由北新书局化名青光书局出版。

· 1934 年

3 月《南腔北调集》由上海同文书店（原联华书局）出版。

· 1935 年

1 月译苏联班台莱耶夫童话《表》并于 1935 年 7 月由生活书店出版。

2 月开始译俄国果戈里《死魂灵》，2 月《病后杂谈》发表于《文学》月刊第 4 卷第 2 号。

4 月《十竹斋笺谱》第一册印成，5 月《弄堂生意古今谈》发表于《漫画生活》月刊第 9 期。同月《集外集》由上海群众图书公司出版。

6 月编选《新文学大系》小说二集并作导言毕，印成。

9 月高尔基作《俄罗斯的童话》译本印成。

10 月编瞿秋白遗著《海上述林》上卷。

11 月续写《故事新编》。

12 月整理《死魂灵百图》木刻本，并作序。同月作《采薇》《起死》。

· 1936 年

1 月《故事新编》由上海文化生活出版社印行。

2 月《阿金》发表于《海燕》月刊第 2 期，支出《且介亭杂文》。

6 月《花边文学》由上海联华书局出版。

9 月《死》发表于《中流》半月刊第 1 卷第 2 期，支出《且介亭杂文末编》。

10月《半夏小集》发表于《作家》月刊第2卷第1期。支出《且介亭杂文末编》。

同月《女吊》发表于《中流》半月刊第1卷第3期，支出《且介亭杂文末编》。

10月17日作《因太炎先生而想起的二三事》，这是鲁迅最后一篇未完成文稿。

10月19日上午五时二十五分去世。